主编 凌翔

一粟中的沧海

穆蕾蕾 著

民主与建设出版社
·北京·

© 民主与建设出版社，2021

图书在版编目 (CIP) 数据

一粟中的沧海 / 穆蕾蕾著 . —北京：民主与建设出版社，2021.11

ISBN 978-7-5139-3695-8

Ⅰ.①—⋯ Ⅱ.①穆⋯ Ⅲ.①散文集—中国—当代 Ⅳ.① I267

中国版本图书馆 CIP 数据核字（2021）第 212879 号

一粟中的沧海
YISU ZHONG DE CANGHAI

著　　者	穆蕾蕾
责任编辑	周佩芳
出版发行	民主与建设出版社有限责任公司
电　　话	（010）59417747　59419778
社　　址	北京市海淀区西三环中路 10 号望海楼 E 座 7 层
邮　　编	100142
印　　刷	三河市金元印装有限公司
版　　次	2022 年 1 月第 1 版
印　　次	2022 年 1 月第 1 次印刷
开　　本	710 毫米 ×1000 毫米　1/16
印　　张	13
字　　数	200 千字
书　　号	ISBN 978-7-5139-3695-8
定　　价	65.00 元

注：如有印、装质量问题，请与出版社联系。

目 录

第一辑　日子有声

悠然又飘粽叶香　002
冰川下的涌动　005
十六岁的少女　011
朱雀　014
雨天再来　017
日子有声　020
会飞的鸟　023
气球和坠头的爱情　027
晴秋　031
清扫归来忆初心　034
生命的零度　038
黄昏时分，落着雨点的河流　040
着火的词　042
空船满载明月归　045
幸福成雪　048

第二辑　细致生活

在舍弃中不朽　052
知己就是打你七寸的人　055
每天的路　058

绿茶女人 061
细致生活 064
我生命中的好天气 068
精确的公公 071
忘记与铭记 074
话语在路上 077
一身诗意千寻瀑 081
关于一粒原子的命运 087
温柔的夜 091
秋天的河 094
秋澈 096
春望 098

第三辑　雨是另一种阳光

春藏 102
春去春又回 105
赐我甘露 108
雨是另一种阳光 111
岩石的早晨 114
读日子 117
荷的演说 121
架下蔷薇香 124
我爱过一只狗 128
果蔬恩情 133
味蕾上的刺青 136

看病　141
我看菲鹏离婚　145
超越错位　148

第四辑　了解的果实

别做自己的敌人　152
善待工作就是善待自己　155
阅读的乐趣　158
天才之恶　161
对邻人之爱的最高完美性　164
我读特兰斯特罗默　167
读书与生活　170
苏格拉底的情商　174
悲怆的王尔德　178
爱的最高完美性　184
英雄是一座承重墙　187
散文和我们的时代　192
身体的想念　197
生命是一场炼金术　200

第一辑　日子有声

悠然又飘粽叶香

　　端午节到了。早晨把母亲昨天送来的粽子蒸好后，我揭开锅盖。一股卷着粽叶香的热气马上袭来，温暖而熟悉的气息像一只只痒人的小蝌蚪，悠悠钻进五脏六腑，光滑的小尾巴在心田轻轻摆动几下，我眼前就幻化出故乡河岭下那泛着蛙声虫鸣的浅滩，和临水而立的青绿粽叶林了。

　　小时候因为穷，端午节乡下买不起粽叶、不包粽子的大有人在。可那是孩子眼巴巴盼着的节日啊，如同春日里大人眼中盼着的一场雨，三夏时节盼着的永不落下的太阳一样。所以，等到第二天自己的孩子站在门口看着别人家孩子拿着粽子的眼神时，每个母亲的心都是不忍的。好在上天从来不会不给人以希望。故乡的河道边很深的水里，有这样的粽叶林。无人料理的粽叶，虽然长得很窄，一个粽子需用近十片粽叶，但味道却格外深浓。有一年母亲和邻居几个婶婶打粽叶的时候，我一时好奇也跟去了。可走到浅滩处齐腰深的水里时，心就害怕了。清水被母亲她们走过的身子拨拉浑了，泛起泥来。浑泥的水里我见过有一种水虫，灰黑色的，圆头，没有嘴没有尾，像蚯蚓的形状。没有人告诉过我它叫什么名字，但我亲眼见过它像小坦克一样直直爬进同村一个小男孩的腿里。当时他们叫它吸血虫，可我长大后知道的吸血虫似乎和这种不大一样。虫钻进肉里也不出血，留下虫身一样粗细的一条通道。小男孩急得满头大汗，却也不哭。他按照大男孩说的办法，用烟头使劲烧自己的腿，烧一下，他的脸就抽搐一下，直到把肉全部烧黑了，才硬是把那虫逼出来。一想到这水里可能会有那种虫子，我想摸一把粽叶的心就怯了。一个人坐在河滩边的沙地上，摘几个指头一样粗细的粽叶，用手按粽子的样子来回翻卷，等母亲她们回来。

端午节一般都在三夏时候。这个时节的天，炎热无比。这个时节的大人，早出晚归繁忙不堪，对孩子们也多没好气。端午节的来临，无疑是天给的一个借口，让大人们放下重物，长松一口气。要是下点雨，刚好赶上麦子收完了，大人脸上的笑容也会更灿烂。孩子们在父母的笑容里解脱出来，变得活蹦乱跳。女人三五成群，包着粽子拉着家常。淘米的手在水里泡久了，葡萄架下的她们会伸出来，看看泡得发白的指头，发发怔，想想时光在距离去年端午节的时候感觉是何其短暂，而今却又流走了一年。

南方人包粽子用箬竹的叶子，北方人用苇叶。芦苇在我的记忆中比较柔软细长，是到最后，张着雪白的羽翼临风而起的那种云一样的植物。我亲自去看过小时候包粽子用的那种长在河边的粽叶，它们尖锐的叶子不小心就划破手，庄严中有股兵气，完全不是芦苇的样子。问母亲，粽叶到底是什么植物？父亲说是芦苇，母亲摇头不定。以致我至今不能确定它的植物名字，只好叫它：粽叶。

我没有一个吃大米的胃，对于米做成的任何食物都不贪恋，粽子也一样。所以端午节对我来说，不是嘴巴的福事，却是鼻子的盛宴。端午节的味道有艾草的清淡，雄黄的刺鼻，以及荷包的芬芳。但我却独独钟爱粽叶的味道。跟艾草的涩苦，雄黄的刺鼻，和荷包华贵的香气比起来，粽叶的味道太普通了。生粽叶几乎是没有味道的，但粽叶的香就像一个倔强的姑娘，她低头沉默着的时候，你什么也看不出来。非要等到你用一点点的暖之后，她才肯露出那隐藏的温柔，慢慢转过身，把一肚子话轻轻道来。粽叶也是这样，必须煮了之后，才会散发出诱人沉醉的清香。所以，每次端午节的前一天，都是我最喜欢和开心的时候。母亲淘米、抱柴，妹妹洗枣，我就烧火，滤粽叶。我滤粽叶很认真，可速度太慢。因为滤着滤着，就忍不住把鼻子凑过去闻一闻。甚至到吃粽子的时候，也不好好吃，我只爱吃离粽叶最近，浸透了粽叶味道，泛着绿色的那层米。母亲对我滤粽叶的样子不大满意，老阴沉着脸。直到开始烧火时，她的口气才温和起来。因为我会老老实实待在夏天非常热的厨房里，满头大汗却不发一言。我能这么老实，是因为这里到处都是粽叶的香气。等到火烧旺了，锅是要歇一歇的，我就起身出去。那时已经到晚上了，望着星星，我会在晚风里越走越远。等到凉快下来后，我又张开鼻子，慢慢被空气中越来越浓的粽叶香牵引着回家。

如今母亲每年都会买许多粽叶包粽子。单位会发粽子，超市里四季都有包装精美的绿粽子。和小时候那难得的几把粽叶，烟熏火燎的厨房里煮好久才能煮出的一锅粽子相比，如今粽子的得来太容易了。可不知道为什么，我还是惦记那飘在老家屋前院后的香味。现在老家的房子也卖了，河道里的水已经很少了，河滩这侧尽是荒芜的沙地，举眼一片枯黄，什么都没了。望着我常生出这样的念头——这就是童年的乐园？这就是记忆中的故乡？可物是人非的景里，目光却成了一种透视器，好像透过苍白的视线，还是几十年前那片青青的绿在风中荡漾，还是几十年前那股悠悠的香在久久飘荡。

冰川下的涌动

秋日午后，有风，微阴。窗外柏树枝条在微颤着，它们互相婆娑的样子显得有些紧张，仿佛私语着不可告人的秘密。桌上电话响了，是爱人的声音。

"祝选鹏出事了你知道吗？他刚才在抓小偷时被刀捅伤，送到医院没抢救过来！"

"开玩笑，怎么可能？前几天我还在局里碰见过他。"我没把爱人的话当真，也没法当真。因为前几天去行政处交三爻房子的按揭款时，我还遇见小祝。他白净的脸上闪烁着笑意，年轻得有点不似一个孩子的父亲，整个人清新得就像一个日本作家的名字——村上春树。

"怎么不可能，连同去的王长安也受伤了，正在医院抢救呢！"爱人的话里听得出伤心，但语气已不容置疑。

前几天，在行政处楼道里，我往下走，小祝往上走。望见，我们就停下来说话。他说很希望房子早点好，这样自己就不用租房子了。现在想想，小祝当时的话似乎是说给那个将要到来的冬天的。他租住的房子是最老式的那种单元房，冬天没有暖气。房子被灰尘和油烟熏得又旧又脏，屋子光线不好，也不怎么透气。在大队时，过年我和同事去他们家送过东西。

我想起他的房子时，就望了一下他的眼睛。竟觉得在他期待的目光深处，有座新房子已被绿荫环绕着，已经盖好了。

"受过三回伤的汉西平这次逃过一劫，王长安刀伤很深，当时鲜血直涌，小祝看不过去，和歹徒搏斗，他用身子死死拖住小偷，被扎了不知道多少刀……"

"我不信，不信……"爱人在电话那边说，我在这边摇头。仿佛头一摇，就能够把这个事实顺着脑袋上的发丝摇走；又仿佛不信这个"不"一经咬紧嘴唇的拒绝，就能把刚才听到的这个不幸消息甩远。

我不信，不能信也不想信，却无法不信了……

小祝第一天到大队报到时，我和教导员正商量办队门口那张墙报。他那天因才来没被派事，就在一旁看。队上那个墙报尺寸不标准，表面也有些打滑。我喜欢把字写在河边被水冲刷过的泥土上，喜欢把字写在从树上摘下透着生命气息的新鲜叶子上，或者写在漂亮的日记本上。我喜欢让美丽配着美丽。但我不喜欢把字写在这爱打滑的黑板上，那样会使我觉得每个字都心情不好。所以除非雨淋得实在看不见，或被蹭了一片，一般是不催换。

但这一次，是迎接上级检查。

小祝在旁边看，教导员就问他字写得如何。小祝说了"可以"。"可以"这两个字先在我耳边轻擦了一下，等后来看到小祝的字时，这两个字就已经擦着我的心了。因为这么自信的话，才二十五岁的我，已经不会说了。不知从什么时候起，我已经学会在人群中很谦虚，学会了多说不行。久而久之，即使行，也不会说行甚至觉得不行了。我有些羡慕能这样说话的人。

教导员让小祝把手上那段文章抄到板报上去，我便离开忙别的。过了一会儿教导员走进来："你去换那新来的小伙子，还说自己的字可以呢，我看粉笔字都不如我，还别说你，你去换了他。"

走出去我看见墙上的字，字笔锋很硬，笔压得有些狠。可以断定他的钢笔字不错，但粉笔字不舒服的原因大概因为，他不经常写这类字，所以不太会掌握用笔力度，更不知如何在一块这么怪异的黑板上规划字的大小摆放。

可见小祝弯着身弓着肘认真写字的样子，我又走回去。

"这次就用他的字吧，他才来又那么热心，不要不给人家面子。"

教导员没有说话。

过了几天队上开会。对于所有会议，大家似乎都约定俗成默认了这一模式——队长说完教导员说，教导员说完副队长说。问大家还有什么可说的，大家都说没有。可那天，领导依次发言完毕，队长问大家还有什么说的，好多人已经屁股离凳，半欠身子准备离开，小祝却举手说：我还有。这不和谐的声音把我吓了一跳，接着，大家的目光也和我一样，齐齐对准他。

小祝站起来开始自我介绍，分析自己的优缺点，又感谢大家的帮助，并谈自己今后的工作打算。我有些想笑，就偷偷笑了一下。笑完之后，一股复杂的滋味涌上来。他只大我一岁，可我感到自己要比这个刚从特警队出来的师兄老好多。他身上还有一股朝气，自信又勇敢。而我，仿佛离这年轻很远，离这么说话做事的年纪很远了。

我在小祝身上感到一些正在自己身上消失的东西，这反倒激起我与他的交流。小祝因为业务不熟，常被派来给我帮忙。又因业务不熟，还不务正业地坚持学英语，受到几个"师傅"的不理解。他们总是笑他看那些没用的英语书——小祝英语过了六级，他当时正准备报考英语八级考试。在特警队时，他就是大队的英语小教员，却分到了公交分局。一口流利的英语在反扒大队没有用武之地，尽管他那天在会上介绍自己英语不错，其结果只不过受到多数人奚落，他们说他学英语还不如学哑语，这样以后抓了犯罪嫌疑人若是哑巴，就不用请翻译。

大家这么说时，我总忘记自己是队上年纪最小的，应该去尊重老同志。我总是一听到就毫不犹豫地反击。因为我也常在没事时捧本书，来拒绝某些看不见的东西对自己的侵蚀。可每当我执拗地说时，小祝总低着头翻自己的东西，或抬起头来，对说他的人憨憨笑一下，一句也不争辩。

我们俩都爱看书，但看的书完全不同。我爱看文学类的，小祝则爱看英语。说起文学，他爱谈英美文学。为了提高自己的英语水平，他逼自己先去看英汉对照的小说，再去看英文原著。在英美文学里，他曾一再推荐海明威。他说，他不仅喜欢海明威的《老人与海》，还喜欢海明威在《午后之死》中提出的那个著名的冰川原理：一座冰山之所以显得威严壮观，是因为它显露在外面的部分只有冰下的八分之一，其余的八分之七都隐藏在海水之下。这也是说，一个人的学习和成功也这样，你确实不知那壮观的部分何时浮出水面，但你只要不断给里面倒水，总有一个时刻到达一定量，壮观就会意想不到溢出来。小祝不仅和我谈这些感受，还经常拉出一段正在读的书，给我讲中文翻译比英文原著在意思上逊色的部分。也从他那里开始，我才注意在买外国小说时，去比较译者和出版社，因为，译本不好，就等于把一个好作品在引渡向另一种语言彼岸时，活活扼杀了。

小祝爱订学习计划。我看见他订那些学习计划、工作计划、生活计划，甚至孩子的教育计划、理财计划时，总觉得好笑。我只有高中才干这样的事，没想到他还这么书生气。我那时也在本子上写满了各种计划，不断分割每天时间。分割时总觉得时间有限，等执行时就发现那种约束又煎熬又难耐。所以订得多，执行得少。我总认为这样的热情他坚持不了多久，可现在想想，他做到了。至少我待在六大队那些日子里，都看见他在空暇时，一个人小声背单词，读课文，并用笔在纸上画着记着写着，从未曾间断。

  小祝牺牲后，我听过最多的议论莫过于叹息他为什么要那么做，怎么那么傻。说这些话的人往往都是些和小祝关系很好从心底爱他的人。现在想想，小祝当时并非别无选择，他可以不用死死抱着那个持有利器的歹徒，他可以选择送战友先去医院，他这么做没人敢怪他半个字，甚至他没有这么做，倒使许多同志在私下里，流着泪又气又惋惜。可我总觉得，在那个场面下，以小祝那样率真又充满内心坚持的人，肯定会这么做。当刺刀刺进自己战友的胸膛，那红色的血会把这个年轻人身上那股正气和热情点燃，使他全部的肉体都化成支撑精神的能量。甚至，等他的肉体完全失去了力量，他不屈的精神还会在空中继续飘荡。

  小祝去世后那段时间，我每天在黄昏坐公交车回家，总觉得车厢内还残留着他走动的声音和气息。有时望着窗外依旧的万家灯火，想这宁静的夜色小祝将永远不能享用了，就止不住难过。在风大天冷的日子，望着一车厢准备回家的人，我都产生过一种冲动，甚至特别想拉住其中的一个，告诉他：要明白，你能这么安静回家，是多么幸福的一件事。因为，有人为了你能这样平安回去，牺牲了生命。我的战友祝选鹏就是这样，他刚刚为你，付出了自己只有27岁的生命！每次，我在心里这样默想一遍，冲动一遍，泪水就会将我彻底淹没一遍。

  小祝牺牲那几天，这城市的报纸每天飞来，都贴满他的照片和事迹。报纸上那张照片是我爱人给他照的。那应该是在冬天吧，爱人来队上拍工作照，还给我和小祝在大队门口的路上，拍了一张敬礼的照片。照片一度在队上宣传栏里挂过。小祝去世后我常想为他写点什么，可打开本子稍微回忆一下，情绪就会失控。我只好把那些印有他照片和报道的报纸剪下来，糊在那些被弄湿的纸张上。到现在，这本早已写完的日记已经被压在了箱底，可那些往事却经常会顺着我上面的叙述，不断溅起，不时涌来。而小祝的形象，也被这一次次回忆冲洗着，越来越光亮，越来越逼真。

十六岁的少女

"她走来，断断续续地走来，洁净的脚印，沾满清凉的露水……"，十六岁的少女，清新无尘，让人沉醉。旋律不断播放，少女不断走来。十六岁，恰是酒饮半酣，花开半妍。而十六岁的少女，如同一帧帧对世界播放的纯净画面。

那是时间驿道中最美的一段，走在其中，叶正翠绿，花正初绽。少女清新无比，眼眸清澈见底，世界也因她的存在倍增美妙。更多时候，少女浑身散发着羞怯，让人想到梭罗的一句话："我们天性中最优美的品格，好比果实上的粉霜一样，是只能轻手轻脚才得以保全。然而，人与人之间就是没能如此温柔地相处。"十六岁，就是那未被世界触碰，也未曾触碰世界的粉霜，让人一靠近，就屏气凝神，并感到那些触动心灵的事物，有时是何等的轻柔无声。

十六岁的少女用最含蓄温柔的方式和这个世界相处，但现实却未必能用最温柔的方式对她，所以，这也成了最容易凋零的花季。

小时在乡下长大，没人有条件和耐心去懂青春期孩子的心理，致使青春期少女最美的情窦初开，却成了致病的因子。记得小姨十六岁时，眸如点漆，肤如凝脂。穿着一件雪白的衬衣，两根乌黑的辫子垂在胸前，走路就轻轻跃动。无论是学习还是容貌，小姨当时在班上都是佼佼者。可上高一时，她喜欢上班里一个男孩，两人眉来眼去，大概都有点意思。但后来男孩转学走了，和她并没说一句话，她就病了，从此再也不去学校。家人问她，她也羞于启齿。她学习那么好，却会无端弃学，家人开始觉得她有病。相互间无法沟通，只剩下谩骂和指责，最后，在一次吵架后，家人竟把她送进了当地的精神病院。进了医院后，她就真的变傻了。回来后，整天把床单披在身上当戏服，独自对着房间的白墙，唱《白蛇传》中的"断桥"片段：

"西湖山水还依旧，憔悴难对满眼秋。山边枫叶红似染，不堪回首忆旧游……"

我曾听得泪水涟涟，而到后来，就连一首曲子都听不完整，因为她记忆的板块，已经被药物彻底损坏了……

我比小姨小不了几岁，我比她幸运的一点是，我感到自己被什么东西遮蔽，从小就想方设法找书读，借此自我引导。十六岁那年，我正在离家几十里地的县城读高一，短暂的假期除了干活，和周围人也无法交流，于是常搬个小凳子，坐在老家用水泥砌成的猪圈顶上，对着月亮唱歌。那些歌曲里复杂的感受，我并没有经历过，却时常觉得借着那些歌词，我把各种人生都体味过了。

在学校，我也不是中规中矩的好学生，不爱读那些正式的课本，却整天往县城书店钻。书店到学校也有三里多地，我常沿这些路慢慢地走去，再走回。那种去买书和抱着一本书回来的心境，仿佛是和思慕的另一种世界相逢交流。那时，每一期《读者》我都必买，我常觉得这世上如果没人像书中人那样，用豁达睿智的方式和我说话，生命简直要因得不到浇灌，而干涸死亡了。

当时买书的钱，都是从饭票里省出来的。记得有一阵子琼瑶很火，书店里许多她的小说，而我买不起八九块钱一本书的小说。于是冬天就站在书店里看琼瑶小说。那家书店的老板人真好，他从不嫌弃学生只看不买，书店人多时，我就从红色的木质柜台，退到门口的房檐下。冬天出太阳时，消融的冰凌滴下的水从脖子上灌进去，让人猛然一个激灵，醒神但却一阵透心凉。有一次我连看了四五本书，实在觉得对不起老板，就花六块钱买了一本《梦的衣裳》。可书那么薄，我一个晚上就读完了，早晨醒来又空空荡荡，不知道没有书读的世界，自己该往哪里去。于是清早起来，抱着这本《梦的衣裳》，撒腿就往书店跑。跑去书店还没有开门，等到开门了，就给老板说，这本新书，我可以给你添点钱，再换一本书吗？那时，根本不知道这世上还有退换货这回事，所以老板给换了，就对他感恩戴德，觉得他是这世上最慈善的人，甚至在工作后还去那间书店看过他。可是，我把他认得清清楚楚，那么多学生在那里看过书，他望着我的眼神，分明早就不记得了。

乡下的日子枯燥贫乏，但乡下的孩子又自得天地滋润。记得每次骑三十里地回家，都要经过故乡那片万亩果园。春天苹果花开时，果园美得跟梦幻一样，我就像个天生地养的野孩子一样，边骑车边放声唱歌。那时，常觉得胸中翻涌着无数旋律，似乎我要是把它能像谱子一样誊写下来，就是美妙无比的歌曲。可当时也没有识谱的条件，就是任那些旋律冲撞着心房，时而欣喜若狂，时而热泪满眶。如今在这个幸福的年代，孩子们物质和精神空间都极大丰富，再也没有人像我们，为买不起或者找不到一本书而焦虑恐慌，更少有青春会被闭塞和不正确的引导吞噬埋葬。但一代代的青春，就是这样真实的开而又谢。十六岁的每朵玫瑰都会死去，但它的香味却会凝入时间，永不消散。那些芬芳四溢的和未曾绽放的，那些已经隐没的和正在显现的，总是会在怅惘的回顾中，跌入一段旋律命定的结尾："当我意识到时，她已去了另一个地方，那里雨后的篱笆，像一条蓝色的小溪……"

朱雀

西安是这样一座城,在其中走久了,你会发现自己变成了一口钟。迎面走来的那些事物总能伸到钟背后,随意变换着你的时空。兵马俑和阿房宫会让你突然跌到秦朝;碑林和关中大书院,会让钟针紊乱,快进或被倒退,瞬间穿越几千年。而更多时候在这座城中行走,会感觉自己体内的时针,冷不丁又被拨到了盛唐时期的长安。

站在朱雀大街上,清一色仿古建筑带来的感觉最为明显。朱雀门是昔日唐皇城的正南门,明德门是整个长安城南城墙的正门,而两者之间的朱雀大街,是长安城的中轴线。朱雀门曾开城门五孔,箭楼气势巍峨雄伟。大街路宽两百米,当今纽约第五大道、洛杉矶日落大道、巴黎香榭丽舍大街,都难与其相媲美。朱雀门向北至承天门,属皇城段,被称为承天门街。韩愈有著名的诗句:"天街小雨润如酥,草色遥看近却无",杜牧也有"天阶夜色凉如水"之句,就指的这里。

朱雀大街作为中轴线,是唐朝皇帝往城南祭天所走街道,具有权力和威严的象征。每天,来自世界许多个国家的使臣商贾,都要经过明德门进入长安。甚至，连日本"精神故乡"平城京的仿唐都城"平成宫"的正门，就命名为"朱雀门"，可见朱雀大街影响之大。朱雀门等级森严，也是皇帝举行庆典活动的地方。隋朝初年，大将杨素率军扫平江南，得胜归来，隋文帝杨坚在朱雀大街亲自迎接，为其解下战袍。唐朝著名法师玄奘印度取经归来，宰相房玄龄亲自在朱雀门迎接，长安城的百姓则在朱雀门外二十里的地方夹道欢迎，玄奘法师正是把取回的经书，陈列于朱雀大街上供众人翻阅。

除了历史的风烟，朱雀大街还沾染着诗意的花絮。"苦吟派"诗人贾岛骑驴过天街，他信口吟诗一句"落叶满长安"。又想到"秋风生渭水"，正喜不自胜，结果却不幸撞上朝廷命官的马车，被拘留一夜。初次听到这个故事，想着时间如果可以穿越，那么我的职业正好可以给贾老拿一壶酒几个小菜，和他聊上一宿。而据说他骑驴在街上走，突然想起来两句好诗："鸟宿池边树，僧敲月下门。"对于用"敲"和"推"，一时间难以定夺而走神，就在此刻，碰到官方车马又撞在一起，被以刺客之名抓了贾先生，并带给大官人韩愈。韩愈问其原因，说建议用敲，静中有动好。看来认识了贾岛，我也能认识韩愈。当然，这繁华的朱雀大街必然还走过李白杜甫和历代无数诗人，有多少诗句名篇都写在这里，和类似的趣事发生在这里，自是不可想象。

但我来天街的目的却是寻找朱雀。西安环城公园的铁门上雕刻着浴火的朱雀，里面这么介绍朱雀："神兽朱雀原型为四灵之一的丹凤，据《诗经·大雅·卷阿》：'丹凤鸣兮，与彼高岗，梧桐生兮，与彼朝阳'。丹凤其身覆火，终生不熄，拥有旺盛的生命力，以其形赋其神，为盛世注入无限气韵，给人间带来祥瑞灵气，寓有完美，吉祥涵意。《楚辞》中云：'飞朱鸟使先驱兮，驾太一之象舆'。《楚辞补注》中道：'言已吸天元气得道真，即朱雀神鸟为我先导'。《毛诗陆疏广要》释之云：'龙乘云，凤乘风……众鸟偃服也'。朱雀和龙一起构成了龙凤文化，是中国传统文化中极为重要的一部分"。但更多学者认为朱雀是直接由天星变化而来，是中国远古先民对星宿的崇拜而产生的神话形象。

　　唐长安城有着世界上最为严整的城市布局，是中国古代都城建设的典范，历代许多文人学士进行过考证和研究。北宋的吕大防还曾将唐长安城的布局作图刻石，以期永垂后世。在古代，精神信仰在人们日常生活中占有非常重要的地位，皇帝更是追求天人感应、天人合一，替天行道的理想境界。城市布局上往往都被赋予某些象征性意义，以西安都城平面布局来看，宫城、皇城、外郭平行排列，以宫城象征北极星，以为天中；以皇城百官衙署象征环绕北辰的紫微垣；外郭城象征向北环拱的群星。因此，唐人即有诗吟"开国维东井，城池起北辰"，说的就是这种布局效应。各种做事分布，更是严格遵循《易经》思想，甚至天上有紫微星，皇帝也有紫微宫，天上有朱雀玄武，地上也有。

　　那么磅礴巍峨的一座城，里面的精神内涵却通往虚无，就像朱雀门的朱雀，玄武门的玄武，也只是人们仰天祈福的理想。正如我手中这长八十公分、厚三十公分的城门大砖，如此真实，却也在时间中被打磨得斑驳沧桑。散步半晌，并没有找到朱雀的痕迹，却在城墙根下的石榴花下看到一堆麻雀，灰蓬蓬的样子，像是燃烧不熄的朱雀落下的灰尘。

　　时间打的是无影太极拳，伤万物于无形无息之间。伟大，英雄，辉煌，繁华……这些字眼在时间手心一一被碾成粉末。卑微，平凡，平庸，狗熊……这些字眼，时间也最终证明它不存在。到底谁存在过？仿佛整个存在也只是时间的吐纳。也许，朱雀正是那时间的焰芯吧，它把叶子烧黄烧灰，把人烧老烧没。人们被它温暖，又被它焚熄。但只要活着，人们还是把有形插入无形中，在祈祷中喊着"朱雀"。就像眼前这护城河，它周而复始地流转，已经流成了太极，那包含有形和无形，神话和现实共存的一个圈。

雨天再来

　　今天真好，下雨了。
　　昨天下班离开单位时，雨已经开始飘了，那时心情就奇好。等到晚上睡觉，窗外的路灯把树叶的影子打过来，映在窗帘上，被风吹得一晃一晃，我就有点兴奋，半天睡不着，似乎一夜都在听雨。后半夜时，有一阵雨下得特别大，风夹着雨一阵一阵袭着窗子，好像波涛在敲击。我便彻底睡不着了，听着窗台上的滴答声，一直到天明。
　　早晨打把伞出门时，踩着满地亮晶晶的水，我的快乐感那么强烈，好像天下雨就纯粹是为了让我高兴一样。上车找了个临窗的位置坐下后，目光就再也没离开过窗外。
　　我想，上辈子自己一定是一株长在沙漠里的仙人掌，要不这辈子对雨怎么这般稀罕。好多朋友都说，下雨容易郁闷，下雨出行不方便。可在我，什么时候下雨我的心情都好得不得了，好像平日里堆积的那些烦恼，在雨中都和那树叶上的灰尘一样，统统被冲刷得无影无踪了。下雨天，我常对着外面的雨唱歌，半天都不跟别人说句话，要是好半天说了句，也多半是今天天气真好之类的，可在下雨天说天气好，母亲为这从小就没少骂过我。后来单位同事听了，也是笑着目光里透出奇怪。好在我现在终于活得不那么在乎了。其实，满街都是人，活着却是仅和几个人有关的事啊！有什么比自我陶醉更有幸福感呢！对于说下雨出行不方便，那根本不是问题啊。或者，因为我一般只抬头看天不看地，至于把鞋子弄湿了，裤子弄脏了，那都是小事一桩啊，把好不容易得来的快乐弄丢了，才不合算呢！

  弟弟说，雨天适合睡觉，夏天的雨尤其是。大热的天，开着空调，是这样一种不舒服，不开吧，又热得是那样一种不舒服。就下雨天才里外通透，连睡着了都忘记做梦呢！可把这好不容易得来的清醒全睡丢了，多可惜啊！要是下雨了，头脑一清醒，我是睡不着觉也绝对不舍得睡觉的。我宁愿对着细细的雨欣赏到情不自禁地微笑，数落在水洼中的雨点，给雨落下的样子做各种各样的比方。要不，就唱歌。在没有人的屋子里，放着CD，大声唱，或者一个人临窗小声哼哼。或者不说话，好好发场呆。不过对于我雨天这长时间的发呆，爱人可受不了。他说，像你这样本来就够呆的人，坐在那里长时间不说话，忽笑忽泣的，再这样下去，儿子岂不有个傻子妈？

  我笑，但我还是爱以自己的方式，过属于自己的雨天。

  古人说，下雨特别适合读书，雨夜更是。但我不会在这个时候读书。白日里，我喜欢到处晃悠，或者逛街。可雨天难得碰见一个愿意逛街的。爱人不愿意，朋友不愿意，同事更没人愿意，只有儿子愿意（可我不愿意），所以，雨天我基本是一个人出去逛街。雨大时，就打把伞，不大时，就让雨淋淋。雨中走在街上，西安这个古老的城才容易让人沉迷。走着走着，好像自己就成了唐朝的女子，冷不丁就能碰到李白提着酒壶，歪歪颠颠从哪个店里走出来。走着走着，又好像自己正从一条深深的雨巷中谁家的院子里探出头来，成了一枝淡紫色的丁香，散发着哀怨和惆怅。雨天，是多么合适一个人这样臭美啊！

　　雨天，各种感觉都变得敏锐，好像雨一下，那混沌的心窍就全开了，人也如一株树一样，洗去蒙蔽的灰尘，对着天空，展现一个打开的姿势，来仰望和接受这滋润给予。你仔细看，那雨落下的样子，和树木花草那张开的真诚，简直是一种爱与被爱、给予与感谢的自然浮雕啊！所以，即使到了夜晚，我也是不舍得看书的。我觉得雨天该是属于我个人感觉打开的时候，而不是用别人的思想填充我头脑的时候。所以我总是打开日记，来记下自己一些稍纵即逝的感触和思绪。

　　雨天的时候，若心情不好，那雨就是漫天的眼泪，哭得有情有意，陪你一起流泪，直到你觉得有人肯这样怜惜你的伤感，减弱了丝丝苦楚。如果心情很好，你该想象雨是个孩子，一个贪玩的孩子。他用小手不断挠你痒痒，摸你的头发，直到你的心情也被挠得服服帖帖了，愿意像小时候在妈妈的怀里一样，或者像长大成了母亲，在枕头上，被孩子这样地闹腾，闹腾到嘴角浮出幸福无比的笑。而雨天你若怀着点心事，那么还有什么比跳跃的雨丝更加缠绵呢？那千行万行的雨落在水洼中，是你初见一个人心头怦然一动的惊讶；写在空中，是千句万句的情诗；当细细的雨洗着树木万物，则有一种旧物里的深情；而若落在屋檐上，则是思念的风铃在一阵阵回荡啊！

　　雨天，就是这样的一种情绪在蔓延，一种梦幻在飘动。它流淌的都是美好，昭示的都是爱和福音。它是降给心灵的天露啊，你若懂得用一颗心去迎接，你就无法不爱这来自天国的使者！

日子有声

假如我知道夏天的耳朵竖在哪里,我一定凑过去,对着这个夏天的耳朵说声:谢谢!

这个夏季,总有喜欢的雨,不声不响就来了。常常在我熟睡的时候,就会被雨落下来的声音唤醒。猛然间在黑暗中睁开眼睛,穿过家人的呼吸声,把心和窗外的世界靠近,感受到还有一份来自天籁的关怀,在无息中抚过心灵,于是彻底的安恬宁静下来。这时的我是深沉的,但又并非无法自拔的厚重;这时的我是快乐的,但又说不出具体的喜悦究竟所为何物。这时的感觉是"只可自愉悦,不堪持赠君"。而其实人生有多少感觉,都是只能这样在心里默默流过,无法化为话语式的倾诉和分享啊!

我常想,雨可能是一张看不见的琴,只消神的心念轻轻一动,琴键就自己起伏起来。有时,神是悠闲的,长长的白发和胡须拖在身后,摆动在蔚蓝色的天际间。蓝天一样深邃的眼睛轻闪着白云一般的温柔。他看着幸福的人间,想着这一切是他亲手制造,心里就温情脉脉起来,小雨在薄风中细细密密落下。有时，他又不宁静了，想着这人间的战争纷乱总是没完没了，怎样引导这些人，他们都无法彻底理解他的意图，走着走着就走歪了，而且越来越歪，于是他有点生气，琴键也不安起来，暴风骤雨便急驰而过。"一花一世界，一草一天堂，一叶一如来，一沙一极乐"，我越来越相信，所有平常的事物中都这样暗含天机。

当然多数时候，我不愿做这样的猜测。我只是感受，只是沉溺。看湿漉漉的花草树木被雨水洗得清澈了，蕴含在脉络之间的绿在空气中洇开，形成无数个的绿色影像，这时我的眼睛也开始发着绿光，觉得昔日缺少绿色的城市此刻如同森林，有着无边无际浓郁的绿，空气湿润，氧气丰沛。槐树淡雅的花落下来，洁白的望一眼，就心无尘念。

雨在空中没有障碍物的地方落下时，擦响耳畔的沙沙声是合唱队里的主旋律；打在窗外的遮阳篷上，是低音部的哼鸣；打在空调上，是架子鼓的猛烈敲击；而落在窗外的树叶上，则是小提琴的悠扬缠绵；如果落入已经聚集的水洼里，绵延低沉，则是有人在吹着悠长不落的箫了。我多么喜欢雨水聚集起来的水洼啊，亮晶晶的，我也喜欢像儿子一样，穿着凉鞋走进去踩踩，让清凉的感觉顺着脚指头一点点漫过全身，然后从体内的某个地方，把笑容托出在脸上。

水洼带给我最美妙的感觉，是有一次下了中雨，我和同事开车走在一条行人不多的街上。浅浅一层水漫了整个马路，平整得好像小时候老家的麦田。无数的雨滴从空中落下，打在水洼上画着无数的圆圈，好像我和妹妹提着篮子忽然走过一道坡，举目望见那么多圆圆的荠荠菜在眼前熠熠发光。那感觉，多么让人欣喜啊。

昨晚，又落了一场雨。早晨起来，太阳已经从云层中冒出来了。心想，这个夏天真是多年不遇，过得如同初秋，可以这么凉爽，这么清醒，似乎还没有经历夏季的那种贪睡、昏沉、厌食、烦躁，夏天就马上要过去了。可能，上帝真知道这个夏天我的不宁静吧，所以才在这个夏天给我这么多喜欢的雨让我顺心。这样一想，出门时看见花坛边的六月霜、白海棠时，简直想要摸摸它们的手，来表达一下自己的感激了。

　　这就是我所感受到的世界——为了感受到这份单纯的美好和快乐，我让心如春天的细麦叶尖，一直固执敞在如同记忆中故乡河边那装满风的原野上。为了感受美好，我一直不肯要什么伪装，更不懂得什么受伤，我只是对着这个世界像孩子一样捧出我的语言，我的快乐和热爱。几缕阳光过来，就能把它放大几万倍，感到满心的剔透晶莹，觉得被幸福撑得整个世界都放不下；一阵微风吹过，又是几万倍的忧伤绵延成海洋，从亘古流到而今的忧郁全都压在半寸心头，沉甸甸的不堪重负。可是，这样的心灵，你怎么能指望它不受伤？而今，再大的雨声，也掩饰不了那犹未消散的余波在心底发出的裂响。

　　可我知道，如果世界是每个人愿意感受到的样子，那么，我还是愿意我的世界是而今所感受到这个视觉中纯粹的样子。宗璞的《紫藤萝瀑布》中那句话说得多好啊——"在生命的长河中，花和人都会遇到各种各样的不幸，然而，生命的长河是无止境的"。是的，生命的长河是无止境的，体会到这里面的冷静深刻，你就知道，一切都会在时光中走掉，一切也都会在时光中回来，像开了又落，落了又开的藤萝那不竭的紫色花河。

会飞的鸟

病，困住了我。

哪里也不能去，原本很小的世界更小了。每天都困在十来平方米的小屋里，一张床，一台电脑，一个小窗，一盏不说话的灯，和四面容颜苍白的墙，关着同样苍白面容的病人。白天，拉开窗帘，望被楼房割裂的那点蓝天和忽悠悠走来又走去的几群云；夜晚，还拉开窗帘，看秋雨打在楼上人家的防护网上，水珠子被路灯照亮了，一闪一闪地发着红光。

一天天，屋子那样安静，什么也不多，什么也不少。唯一增添的，就是每天在医院打完几个小时的针后，去隔壁书店小坐抱回的一些书。一天天过去，书越来越多。摊在电脑桌，床头柜，甚至被子下，枕头旁，儿子偶尔过来，耍赖时被书垫疼了头，就嘟嘟着小嘴嚷嚷：

"妈妈，给我说不要乱花钱乱买东西，可你看看自己，把这么大这么多的书都买了多少了？咱家都这么多书了，你看你乱花了多少钱啊！"

我被逗笑了，无话可说，只好捏捏他的小鼻子自我辩解：

"妈妈买的书你以后也可以读。等长大后你就知道，妈妈买回来的可都是宝贝呢！再说，没有它们，妈妈就活不好。"

儿子沉默了几分钟，实在理解不了活不好的意思，就翻过身举起他的"飞鹰二号"，又到客厅去"呜呜"了。

早晨，他们上班上学，不肯纵容自己把这么长的病假期过得一摊颓废，就按点起床洗漱。一点点的早点，一个人静静在偌大的客厅里慢慢送进胃中，只为一个叫健康的东西早早到来。然后，又回到床上，书，一本一本，还摊在那里，左边右边都是，虽不是风吹到哪页读哪页，却是指头碰到哪本看哪本。靠着的靠垫，先是竖着放在枕头上的，到最后，跟着我看书的曲度弯呀弯，终于掉了下来，跟床保持平行。然后坐起来，再放好靠垫，继续看，直到再次变成了上次的模样。不知这样反复了多少次，才发觉同样的姿势太久了，胸口变得十分堵，一股气怎么都上不来，连躺下都不能抚平它。这时，才彻底坐起来，要不就去医院打针，要不，就趴在窗台上，什么也不干，对着窗外好好发呆。

有那么一次，看书累了，我坐起来，边抚着不通气的胸口，边仔细打量着窗外。窗对面挡在眼前的首先是一栋家属楼，紧跟过来，有一面红色的墙，隔开那个小院和这个小院。墙底下种着一些花草，日里间路过时也看见过，但我没有动，只稍微的想象了一下它们的样子。目光所及中，还有一根网线，从左边单元的楼向右边单元拉过去。由于坐姿和目光稍微侧了些，我看见一个水管道顺着右边的墙弯过去，然后，就是白色的楼角，几根夜晚时看了很多遍的防护网。楼和楼挡住了阳光，也割裂着天空。天空很小很小了，一角不规则也不对称的蓝，如果没有长时间看着那缕缕云缓缓地移动变化，乍一看，真要觉得那是儿子涂画本上随便用水彩笔涂出来几笔的美术作品。低处，几枝柳树的枝条伸过来，再看，还有几朵月季红色的花蕾，也伸进了窗台。花蕾有初开的，已谢的，正艳的。不过和柳枝一样，它们都是短短一截，伸进我的目光。这样一想，我很快发现，不仅花是断的，天也是断的不完整，楼也是被遮蔽的一截子，网线，防护网，墙，甚至对面的楼，都是。我可以向前一点，再换个角度，这样，我会多看到一点，可是，天还会被更高的楼割裂，流动走的云我无法追到天涯，而且，那些楼呀、墙呀、花呀、草呀的，我能看见它们在地上部分的样子，却无法想象它们的根在底下怎样延伸。无论如何，我都看不全，发现不了完全的真相，无论怎样，我都被限制，就像此刻静静地被病关在屋子里。其实何止是病呢，什么时候，人都是这样被局限着，无论怎样挣扎，谁也休想逃脱那被限制被蒙蔽永远看不清真相的命运。

这样的感觉出现后，有那么几秒钟，我甚至一动没动。直到确实累了，才换了个角度躺下去。

这次，胳膊碰到一本书，拿起来，是泰戈尔的《飞鸟集》。新买的书籍封皮上提醒了我随赠的一盘朗诵碟，想了想，我起身找了出来，放进电脑。

缓缓的音乐响起来了，我的屋子里忽然有了声音。那深情而舒缓的声音，渐渐变得越来越大，越来越亮，好像整个房间都吸收了满满的阳光，开始汩汩地冒着阳光气泡。我忘记了限制，忘记了病痛，只是微笑着扫视了一下这小小的屋子，看了一眼屋子到处乱摆乱放的书，喜欢过的词也猛然一句一句飞过天花板："半床落叶书连屋，一雨飘花船到门；寂寂寥寥扬子居，年年岁岁一床书……"我正要顺着这句子打开的空间找进去，可船还没有摇进视野，落叶飘花的想象还没展开，泰戈尔的句子就抓走我的心和耳朵：

——感谢上帝，我不是权力下的一个车轮，我是压在它下面的一个小小生灵……

小花问道："太阳啊，我要如何向你歌唱，怎样崇拜你呢？"

太阳回答："只要用你简单而纯洁的沉默"……

虚幻的空气中掠过一只鸟，随着音乐开始舒展。先是笼子，然后是墙壁，房屋，道路，城市，山峦，河流。屋子矮下去了，墙哗啦啦向下软，花跟它招手，风向它道别，树荫下，它细软的羽毛洒满亮亮的光芒。城市远了，道路不见了，山峦和河流好像是母亲的手和胳膊，托起它来向着白云，蓝天，和太阳。如梦如幻的飞翔啊，那是泰戈尔的心，也是我的，那心闪着光，随着句子扇动着不肯停息的翅膀。世界在那些句子里，全部都被击倒了。而那心，那鸟，似乎就在这个屋子里，但又仿佛高飞在一个看不见却能想象得出的地方。

气球和坠头的爱情

  气球不好看,但坠头很帅。气球和坠头走在街上,遇到坠头以前的女朋友,气球总很沮丧:"你不觉得后悔吗?她家境又好,人又漂亮。"
  坠头坏笑:"就因为你太差,没人要,我可怜你,才把你捡回来。"
  气球不甘心,回家翻坠头的旧影集,搬出那些照片,看了半天,依然无限神伤:"我没法相信你的话。"
  坠头盯着气球看:"我觉得你比她们好看。"
  "油嘴滑舌!"气球被逗笑了。嘴上尽管这么说,但到底心里不信。过几天气球又旧事重提,多了,坠头就没好气:"漂亮顶什么用,那么小心眼!"
  气球不说话了,心想,原来自己还有优点,就是不小心眼啊。
  气球三十岁了,还那么在乎外表。走在街上,总指着那些过往女子问坠头:
  "我有没有这个女人难看?我是不是比这个女人漂亮?我有没有她胖?皮肤是不是比这个差?我发质有没有这个女人好?我眼角皱纹是不

是比那个多？"

气球一问这话，坠头很不耐烦，专拣气球最不爱听的结果回答。有一次，坠头终于认真就此事进行回答，那是他俩去壶口玩。坠头盯着黄河望了半天不说话，最后转过头对气球说："你最爱问的问题，我有答案了。"

"快说快说！"气球摇着坠头的胳膊，好像来不及等坠头说出话，就想把坠头的话从肚子里摇出来。

"你不是老问你眼角皱纹多不多吗？你不笑的时候，是壶口瀑布的上游，一马平川。你一笑，就是壶口瀑布的下游，千褶百皱。"

气球咬得牙都咯吱响，可恨气还没聚到一起，就被一品之后迸发的大笑冲走了。

不过气球时刻不忘"报仇雪恨"。有天遇到熟人，坠头热情地和人家打招呼，气球看了一眼，计上心头。

"坠头，以后看见熟人，无论多么高兴，都不要大笑。"

"为什么？"

"要微笑，不能大笑！"

坠头继续不解。

"因为你大笑起来，脸上的皱纹就像菊花开透了，特别深，非常吓人！"

气球说完，没见反响如何，自己先乐了。不料坠头一点都不生气，笑眯眯盯着气球："不打紧，不打紧。"

"为什么不打紧？我看就打紧。"

"我的笑虽像菊花，却是家养的，纹路深但瓣数少。不像你的笑容是野菊花，虽然细小，但却浓密。"

气球有气球这个名字的一切特征，爱幻想，不实际，活得云里雾里，再简单的事都有被她处理得乱七八糟的可能。但坠头稳定，沉着，平静，智慧。所以气球和坠头的爱情，就像他们的名字一样，一个想飞，一个拖累。好在想飞的给拖累的带了某种虚幻的新鲜，而拖累的也帮助想飞的避免了某种可能的伤害。

有一天，气球忽然意识到，解决自己理想与现实之间矛盾的最好办法，就是写作。自从气球做出这个决定以后，坠头非常绅士地承担起大量家务，为气球做起坚实后盾。可气球写了一段时间后，才发现合适写作的人压根不是自己，而是坠头。

气球是个急性子，说话本来就快，一激动起来，说话就省略标点符号，如同放鞭炮，噼里啪啦什么都听不清。气球这样说话时，坠头就围着气球，眨巴着眼睛，做着奇怪的动作，来回转。

"干什么？"

"找东西。"

"什么东西？"

"影子。你说话快得都能看见重影。我得找找，看见声音的影子是什么颜色。"

还有一次傍晚，气球和坠头去火车站附近办事。火车站附近有几条巷子，挨家挨户都是美发厅。家家店门口都坐着浓妆艳抹的小姐，让人非常不舒服。坠头走路很快，气球不知道又看了一片云还是瞧了眼枝头的树叶之类的，一转身就被落在后面。在后面的气球看见一些奇怪的目光在坠头身上瞟来扫去，就赶上去，推了推坠头。

"嘿，问你一句话。"

"你不说，我都知道你想什么！"

"想什么，说说看。"

"你想问我，她们怎么看我。"

"哈，真聪明。"气球大笑了，她第一次发现，坠头简直就是她肚子养出来的一条蛔虫。

"我觉得那目光很普通。"

"还说普通，我掐死你！"

"她们看我和往常一样，是一张大团结，这有什么特别？"

气球听得目瞪口呆，连连感叹：你真是写东西的料，你才应该去写东西，形容得太恰当准确了！

坠头不屑地仰起头：写作活该就是像你这样茶壶里煮饺子的笨蛋去干的，像我这种游刃有余的人，怎么能这么小儿科？

气球嘴笨，而且是个马大哈，常说错话。小时候上学，气球在路上碰见老师，老师明明向东边去，她脑子反应半天后，一问老师，还一定会把这句话问成："老师，你去西边？"为此，气球总挨母亲的骂。气球自此话就少了。可和坠头在一起，气球非但"病情"没有好转，而且更加严重。她颠倒话语前后顺序和层次的能力，简直到了匪夷所思的地步。比如她叫坠头拿拴狗的绳子过来，话一出口，就能把"拴狗的绳子"说成"狗拴绳子"。包饺子她叫坠头捣蒜，会把"吃饺子蘸蒜"说成"吃蒜蘸饺子"。白日里在单位，气球倒很少犯这样的错误，可一回到家，这样的口误就没完没了。坠头为此常听不懂气球的话，气球急红了脸，比画半天越比画越说不出来。明明是气球自己说不出来，她一着急就会冲坠头无端发火，好像坠头看一眼她的脸，就该知道她心里的想法一样。坠头莫名其妙受气，也发脾气："你脑子就是有根弦掉了没接好，真该去神经科好好修补修补！"

坠头一厉害，气球就不吭气了。可下次，气球这样弱智的错误照犯不误。

可为什么这么幼稚的错误，她能一犯再犯，而且总在坠头面前犯呢？气球想了很久，最后得出的结论是，在坠头面前，她毫不设防，说话不用大脑，只用舌头。

但对于这个坠头喜欢听的结论，气球一点都不打算让他知道。

晴秋

　　只一堂课的工夫，再抬头，秋已经把那件湿淋淋的灰衣裳换成一身金黄。

　　那是中午时分，她收起早晨备好的伞，带孩子吃了点东西，然后去赶下一个地方的下一节课。孩子上车一会儿，就爬过来在她怀里睡着了。她抱着孩子，脸颊贴在他光滑的头发上，眼就望着窗外。

　　雨后的地面积水还在慢慢蒸发，但半干半湿的地面倒有一种新洗的清爽。这么久的风雨打落了树叶上那些脆弱的黄叶，此刻太阳一出来，树上纯一色的绿竟让人怀疑时光错乱，今昔何秋了。路边的国槐树干吸足水分，叶子却在阳光的风中舞得轻巧，好像新画的山水还有一股笔酣墨饱；梧桐树叶如同孩子的手掌，笑呵呵地在挥动说着让人听不懂的愿望；而路旁的银杏叶子，则如同无数的蝴蝶微笑欲飞。最让人感动的还是这初晴的天了。蔚蓝色的天空那么柔和，细细缕缕的云朵也那么柔和，两种温和的色彩配到一起，让眼睛和心灵无端发软。那怎么可以是这样一种毫不强烈的蓝和毫不堆积的白呢，看见了它们，人简直要怀疑视野里之前是否存在过蓝色和白色没有了,好像那是天地间新长出来的色彩一样让人诧异,让人惊奇。白色如同纱一样的丝巾在眼前飘动,可底色中的蓝也是这样的纱在飘动;再想想,云好像又是冰,浮冰在南极的海面上慢慢融化。可是,这样坚硬的冰又如何表现得出云的轻盈,深沉的海又如何能显出这蓝色的谦逊呢?这时,你只能在大自然面前感到自己内心的窘迫有限了。

她望着树叶间不断在目光中为她打开的不同天空,看着,想着,陶醉着。孩子的头发在她的鼻子下散着微微的汗味,她嗅到这股熟悉的味道越发觉得安心舒畅。就用脸轻蹭着他那短短的发。窗外的阳光真好,它照得人如此的踏实平和。她就在惬意中微笑了,等她笑起来,再去看窗外的树叶时,她发现窗外的叶子在头顶的树枝上每闪动一下,她的心就跟着笑一下。于是喜悦的数点着这样的树叶,好像要把这满满的快乐感都一个一个从叶子上捡回心里去,她每数一次,心就亮一下,心亮一下,就有一个句子蹦进心中。最后,她幸福地觉得,自己平日寻找的句子和词语充满了心尖,自己整个人都在发亮。最后,她甚至感觉到每一个细胞都这样亮了,每一个细胞里都坐着一尊小小的佛。

多么让人释然的感觉啊!她又觉得,自己能无比喜欢自己了。

从小到大,有多少人都说她多变得让人无法捉摸。可是,她们又怎么能体会到,她有一颗多么敏感纤细的心啊!她常常觉得,上帝让她有些地方无比的弱智,就是为了帮她打开这样一扇感觉的门。没有什么东西从她的身边走过,能不被她觉察到。即使是一阵风,一个叶子,甚至一个虫子一个蚂蚁,她都会和它们打招呼。她的心灵好像一张密而不漏的网,绝不肯放过出现在视野里任何一个能给她体会的东西;可有时她这张网得住蚂蚁和蜜蜂的网又好像没有一个网眼,大幅度地任着现实那些人事如同烟雾一样穿过,以致她经常处理不好那些现实中最简单的事。一个草叶尖就能刺穿她的心灵,让她倾倒微笑,一个蚂蚁她都能趴在那里半个小时望着它们不动,甚至帮助它们回家。可人却不能,她对人的信心,一点都不比那个终生与狗为伴的作家陈染多:"和人打交道越久,我就越喜欢狗。"

"天空越蔚蓝,就越觉得孤单",这歌词多好!仰望苍穹的心灵一定是博大的,又孤独的。那是现实里没有眼睛的着落,才会寄予星空。人,这被层层囚禁的动物,谁都是这样,不能从真正意义上安慰对方。即使是依偎着,目光却都会投向远方。而在大自然里,则有着永恒的安慰。那是一种不会丢弃,不会失落,不会背叛的爱。在它面前,一切的一切,都能宁静下来,并得到安慰。

她继续任这样的感觉和思绪像风一样卷走脑海里的杂质,然后,把话语的贝壳一枚一枚捡起来。等送完孩子到教室,她觉得心简直快乐极了,下楼走到一个偏僻的地方时,一望四周无人,就马上仰头望天,伸开双臂,笑容满面的在原地转了三圈。

秋,晴了。蓝天多好,阳光多好啊!

清扫归来忆初心

　　给家进行一次彻底大扫除的想法，有很久了。我生性外向简单，喜欢一个物尽其用的家，乐意厨房里只放几个锅勺、几把碗筷那么清爽了然。但如今物质生活丰富，厨具也复杂化了，煲汤锅、微波炉、烤箱、电饼铛、电饭锅、豆浆机等，应有尽有。爱人比我喜欢做饭，经常买很多锅碗瓢盆来表达他对家的热爱。后来，厨房放不下，彻底侵占了餐厅用地，我们吃饭被"赶"到了客厅。

　　如此细化的用品，在卧室、在客厅同样地"更新繁衍"，甚至"爷孙满堂"。我对吃尚可控制住欲望，但控制不了对美和精神的贪求，买书总跟买米一样家常。全家人都在发展着各自的喜好需求，一直不停地买，百余平方米的房子，住了十几年后，就变得触目即物，空间十分拥挤。

　　儿子刚高考完，我就号召爱人一起大扫除。先把结婚时从小房子搬来的几个旧家具，找搬家公司移回老家。这拆卸大件的活很累，我不禁感慨道，物奴就是这样当上的，拥有就是被拥有，每拥有一样，就得伺候一样，拥有越少，其实越轻松自由。等把旧床、旧衣柜、小茶几、小沙发搬进母亲乡下的房子,收拾妥当,爱人却躺在床上不肯走了。他喜欢这里,虽然和城里的精致无法相比,一概都是旧物件,但有种城里没有的舒服。这种舒服来自简单,没一点多余的东西,可以让人尽情呼吸。

城里的房子,东西实在太多了。我们尽管只是普通的工薪阶层,也不买啥奢侈品,可每次收拾家,归位物品所用时间要远远多于清扫时间。所以,只要爱人给家里买东西,我就急。一次,我生病需熬中药喝,就用煲汤的锅熬。他一看,立刻买回一个药膳煲。对于各种要看说明书使用的玩意儿,我都嫌复杂不愿意学,所以总要他替我熬药。尽管被如此关爱,憋了三天,我还是忍不住盯着那又把屋子空间占去一角的药膳煲说,能凑合时,我们真不要太讲究,再别给家里添置东西了,你看咱这屋子,实在堵眼堵心。

说归说,我也爱美,喜好各种好看的床上用品,爱买各种款式的美衣。最近整理衣物时,才发现自己有那么多衣服,把它们穿插着搭配,足够自己臭美一辈子。初入夏时找不到毛巾被,以为都被我清理回母亲家了,就在网上给全家一人买了一条。可等我把床掀开,发现床下久没翻开的柜子里,居然有好几条新毛巾被。

人脑的内存有限,那些收拾好的东西需要用时,大脑里的信息又常常提取不到。等到整理时,才发现自己的富有。我无数次在清理屋子时觉得,富有就是把目光收回来,看自己有什么,爱自己所拥有的。富有就是知足,贫穷就是不知足。也常常在擦拭家具时,觉察出自己对家具的感激。我使用了它们那么久,可我的眼睛却总向外观望,无视它们的存在,甚至认为自己对一切的享用理所应当。当收回目光关注它们时,才发现这个"理所应当"其实是多么惭愧。而触摸它们的存在,更让我感到心的踏实和饱满。

久久盯着某个物件,还会让人物我两忘。有段时间,我总盯着孩子放了一玻璃书柜的试卷学习资料,觉得很不和谐,因为我和孩子都不喜欢这种东西。但盯久了，发现那些纸张也会"说话"了。有点卷曲的纸张一副无我的样子，最初它洁白无瑕，谁喜欢，和它无关。后来，它被揉皱撕烂，谁不喜欢，也和它无关。甚至它被烧毁，也是一副悉听尊便的样子。它随时都可以为了人们的需要，毫无怨言地奉献。生产自大自然的它，永远保持着开放、奉献、心有深爱的姿态。这个启示让我在静静的屋子里如遭雷击，觉得从纸张到满屋子的物件，都是大音希声的成道者，它们全都在引领调教着冥顽不化、没有定性的我！

我从没有怀着朝圣者的心仰视它们，也从不知自己在用着什么。物物有灵，这些给人使用的物品，其实比人更高级，所以能有比人更乐于奉献、不论生死的牺牲精神。但人还真把它们都当了没有生命的物，殊不知每样物质，都是升华到极致的精神凝结。

对家进行彻底清扫，似乎把我心上的无明也清理掉了，我甚至越清扫越恐慌，越清扫越感觉自己"罪孽"累累：叠不完的被褥被套，数不清的书，数不清的衣服，数不清的日用品，收拾不完的厨具……就是从现在开始啥都不买，这些东西也够我用到老，我却一直张着贪婪的口袋觉得自己还不够，物欲食欲美欲和虚荣心竟然那么强！

从今以后，我再也不想买衣服，也不买书，也不买各种锅碗瓢盆，也不买各种床上用品了。这些大自然"生长"出来的资源，被我浪费了那么多，还不算我这四十多年吃下的食物。蚕吃桑叶几个月，吐出上千米的丝；牛吃草，挤出牛奶，甚至连骨肉都捐躯了。我却只顾着享受，这么多物质滋养了我，可我又创造出了什么价值？仅仅因为有着一份工作，便心安理得地认为自己可以用那份薪水，浪费这个星球这么多的资源？

很多人都在拼命赚钱，拼命享受，拼命消费，但我却越来越生出深深的罪孽感。在物质极大丰富的今天，对地球过度开采，其破坏力是极大的。地球的资源也是子孙后代的，我们用得太多，后代必然受穷。所以，我们要替他们节省。感觉到罪孽累累，是因为我深觉无德无能，没资格去浪费消耗这么多物品。多少树木才能制作出这么多家具？多少棉花蚕丝才能做出这么多衣服？要消耗多少资源，才可能制造出这么多物品？我们消耗越多，制造的垃圾必然越多。

如果我们不节制欲望，那么大自然中最基本的水、空气、土地，都会对我们人类进行报复。起点就是终点，一切终点全都取决于起点处的那个初心。初心每时每刻如何生发，也在随时改变着整个人类的最终走向。现在我们生活富裕了，就心安理得地去大肆消费享受，不把地球母亲看成和我们一荣俱荣、一损俱损的生命体，完全不管会扔下什么烂摊子，那么将来我们的子孙后代就会在绝望中，埋怨我们。

边收拾边忏悔我的罪，愿我能少点过错，遏制我生而为人永远向外的欲望口袋，好好珍爱已有的东西。愿世上对自己诚实、不断认识自己的人越来越多。让我们管住自己，随时觉察到各种妄心对我们的干扰，随时"清理"回我们那颗其实应该和草木一样怀有奉献与克制而不是贪婪和享受的初心，带着对子孙后代的爱，替这个地球节省一些。

生命的零度

　　声音还在耳畔。人却沉下去了。哪怕人声鼎沸，也不能拉你回来。

　　没有愤怒，消散和麻木了伤痛，不再如同心境张扬的某刻，觉得阳光的到达，或者某场雨来，都是为迎合自己的心境。不是冰冻整个世界后的那种绝望，也不是羽毛在风中轻飘飘地飞。你来到了某个门前，你知道这样的时刻意味着什么。

　　灯都熄了人都睡了的夜晚，你却起身，披件衣服站在窗前。看一夜夜不同的星光月亮，以及远处的灯火，穿流的车辆。月光总无端让你哀伤，而人间的灯火，你在其中穿行了那么多年，还是觉得，它们竟然不如星光给你的安慰多。你就那样站着，站着，站到手脚冰凉，禁不住要哆嗦打寒战，才作罢。

　　清晨，不知道什么时候，开始在黑夜里醒过来。你想，此刻应该打着灯，看书，或者敲几个字踏实地存进电脑。可浑身没有一丝力气。你开始想许多往事，一堆一堆，快乐夹杂着悲伤，期望夹杂着失望，相信夹杂着绝望，纷纭地，好像什么也没有留下。有一刻，你竟然觉得，生无可恋。你甚至期望那种终极的结束和投奔，当你知道死亡不是生命终结的时候，你甚至比从前更加渴望去了解。你想，你会对那里说，我只是脆弱，只是想逃。可当你把一切都来回想了一遍以后，你终于知道，活着，绝对不仅仅是一个人的事。你在践踏自己的生活，可不能践踏别人的生活，生命像一个网，而你自己这个结，连接的都是至亲至爱的命运与幸福，如果自己过早脱落，那么坍塌的将是一片。也许，所谓意义就是承受无意义，那些价值就是承受住没价值，你不是可以主宰自己命运的手，无论多么卑微，在某些人的生命里，你依然是至关重要或最最重要的。

终于看着太阳爬得老高老高，才起来了。等你走在阳光里时，竟然好多时候，都好像第一次和太阳遇到一样，感动得要哭。你跟太阳说话，轻轻地说，我要像你一样的活着，坚守着活这个位置。我要原谅黑夜来临时，自己那些消沉，因为，你也有不肯出来，要落场雨下场雪，甚至冰雹雷电的时候，我为什么就要一直强求自己，每一刻都阳光明媚呢？

但你毕竟是回来了。回到了活着的门前。你无比地安静，安静到总是能听见空气的响声。无声地做事，无声地行走，整天可以不说不笑，除了面对太阳，月光，花草。你能发现每棵树，每片叶子在说些什么，但是，你的目光不会落在任何人身上。发现丁香开的时候，李煜的那句"青鸟不传云外信，丁香暗结雨中愁"就好像一副对联在花下飘荡。看见梨花、桃花、郁金香、樱花等都开了的时候，你竟然都能为它们找到合适对话的句子，你甚至觉得，这一生遇到的每一个花草每一阵清风，都是为了落脚到文字里的某个感觉中。这就是你要遇到它们的全部寓意。

但还是感到苦难了。上帝，他又一次把人置身到这样的问题中，要高尚而痛苦地活？还是轻描淡写地只是走过？

其实，早有答案了。

"每当你立于生命固有的疑难，立于灵魂一向的期盼，你就回到了零度。"你想到史铁生这句话了。你的黑夜，又跟自己喜欢过的这个人一起相伴了。

黄昏时分，落着雨点的河流

老家在百里外。不近不远。回家的那条路在树荫中穿行。南边有山，田野间有房屋炊烟。少年时有次路过，忽见大片梨花开得灿白，等到来日归时，却是雨后露重，花落枝静。

此后的数年，远山在南，清淡如墨，车在树荫下穿梭，偶尔也有花开，甚至一片草莓地，托起很多红露水。但眼前记得的，就是有一日回家，看见了成片的梨花。

我以为在这条归家的路上再也感受不到心动的美了。直到在黄昏时分的雨中，重遇那条河流。

那时，雨水把山严密地盖住，不能远眺，连周围都望不见什么。唯觉得白色的烟雾好像将远处绿色的庄稼不着烟火地烧掉了，只剩下近处融融又模糊的绿疼痛摇摆，竭力想躲到人的脚下。

近旁的叶子发着微光，道路被雨水洗得古旧，车在蜿蜒的路上扭动，人不能自主地跟着变化姿势。车过一座沿途的矮桥。河流缓缓从南向北移去。河边有浓密的树。阴沉的天空，无数的雨点纷纷落下，来路和旅途十分清晰，但一致的去向竟是同时画着被依次复制过去的圆圈，然后随着相似的点一起，遁入虚无。

最初那个瞬间，望见这幕先是感到美的陶醉——黄昏的暮霭，老桥，河流，树木，和空中的雨点，迷离的烟草。而后就分明感觉到被美拉进去后，门后面那些雨点下的象征。

河流承载着实际的雨点落下的量，和某种量消失后的虚无，一言不发流走，又从虚无的雨雾中流来。天空中的雨消失在河流中，又继续好像没有消失过的落下。树木和水草站在旁边，死一般寂静，而那死一般的寂静蔓延过去，你觉得它们各自，是各自的河流。

我看了好久，忽然看见回家的路，变成了一滴雨点从云中掉到河流中的轨迹，而那雨点满腹热情奔赴的，就是坠落，摔碎，然后归于虚无的过程。我甚至看到，满车的人正在某个观察他们的视角里，变成了那样的一群雨点，沿着离开，回家的路不自觉地坠去，美丽，落寞，又有点无法掩饰的寂寥与伤感。

车一瞬间就把那座桥走了过去，只留下黄昏时分落着雨点的河流。

着火的词

　　词的组合能让人发昏，君不见多少人为那些沾蜜的话犯晕。这时的词一般要发挥的作用就是像云，像雾，像消失了重量，没有多少实质的东西一样。你要觉得后来感到蒙蔽，那实在是因为，词的内核，或者意思的内核，你根本没有抵达。
　　我有时感到，词语是很物质的东西，你必须击中它最实质的意思，它才能放你进去。但一个词里好像有无数个世界，无数个门，我能做的，只是虔诚。写着文字，沙砾一样把词语踩在脚底。我甚至也觉得我和很多写作的人一样，是在玩词语。但很多时候我又发现，很可能是"非人磨墨墨磨人"。词语中那豁然的洞开，常常让我惊讶。它简直就是一个有生命力的人，形而上与下共存。越接近词，我就越感到迷惑。我当然也有发现某些词忽然开门，归顺后成为我的兵，任我调遣和听话的喜悦与成就感。但很快我就发现自己只是海边捡贝壳的孩子。因为，每个词都有能成为金子的时候，可我却没有本事喊一声"芝麻开门"，就让无数沙砾一样的词语为我打开财宝的大门。甚至当我那天发现"生动"这个词包含禅意一样，我一下子就意识到自己的小，意识到自己该匍匐下来，对一个词学会虔诚。这辈子，我到底深入了解过什么词呢，没有。而我还不断地用我不懂的词像制造迷宫一样，在制造着想象中涂了色的比喻。其实，一个词的核我还不知道呢！当一个词让我忽然理解，并陷进去时，我常常发现那里隐含的大大宇宙，也发现我渺小若尘埃，飘浮在其身边。

词就像一个魔鬼，无数的作家和大师，都为它后面的财宝癫狂。史铁生说：语言的障碍就像语言的求生一样坚强。言下之意也有，人可能常常谁也没有听懂谁的话，因为在一个词语上就会有无数的误解，而要解释误解，就又要求助本身理解不同的词，再衍生无数更多的误解。洞穿一个词和洞穿这个生存的问题是一样的，不过它们更像是大小不同，但质地相似的镜子。所以，词像空气一样，被我们呼吸着，又让我们感到茫然。

曾很佩服张爱玲，觉得她对词语的拿捏和语言的感觉特别准确。许多作家，是用很多语言堆积出大块的东西才让你感到意义的生成，但张爱玲在很简单的东西里就能体会到微妙，并很快通过她的敏锐那么轻轻一点，让一些语言轻巧精致。"桃红闻得见香气，马叫听得见风声"，就小女子那么也不张扬的一句，普通语言下的那种不普通便出来了。可现在，我更喜欢阿根廷这个失明的老人。我觉得他的思想让他走到事物和语言的实质里（所有的语言后边都是有事物的，只是有些可指有些不可指而不见），他忘记用词语来比喻，但那柔软的词语被他随便一交错，意义很快就生发出来。最了不起的是要数他的简洁。他不用比喻，而是准确地让每个词语站起来，自己来表达自己。当一个词语恰当在它该出现的时候忽然站起来时，你会发现，那种感觉，那种词义，找得深刻又准确。你会觉得的确如他所说："玫瑰"一词的意思里就有玫瑰花，"尼罗"这个词语中就有滔滔的尼罗河。当博尔赫斯只说出了那些词的名字：桃花木心的家具，灯盏，楼舍，天体，素馨和忍冬，睡鸟和门廊，花园和

043

黑葡萄架，沙漏，地图，18世纪的印刷术，词语的来源，咖啡的香味和斯蒂文森的散文，我就觉得他把我的眼前忽然变大变真，一下子让沉睡的感觉醒了。

而我们的世界沉睡着多少没有被叫醒的词，在那词的下面又沉睡着多少个寂寞的事物。文字和任何一种科学以及艺术的延伸只要继续下去，你会发现，它是为了你的清醒和世界的突然复活。人的感觉太容易沉睡了，那种苏醒和复活的感觉非常脆弱不稳，但当你意识到的时候，你一下子就不一样了，你会觉得很多东西豁然开朗起来，有大量的事物让你喜悦。在喜悦的幸福中你能知道，词语的鸣叫简直如同各式各样不同的鸟儿一样，一个单词，以前你只会发一种音，但是，你明白时，会发现，它们每个其实会唱各种各样的歌。在那词语伴随着事物的苏醒的世界面前，你发现，你一下子小了，未知那么大。当你不明白时，你觉得一个词语渺小得如同一只蚂蚁，但当你走进去时，你会发现一个词可以告诉你的内容之多，顷刻能把你颠覆成蚂蚁。

词从古延伸到今，我们的古代汉语和现代汉语，以及各式各样的书籍里写满了解释。但一个词真正的解释，都不在那里。你当然可以用，但那里，只是往昔的人们用燃烧的感觉和智慧留下的灰烬。如果你要解释，如果你要让词语有你的色彩，你必须去自己挖掘创造。其实，任何一个词要被彻底解释清楚，是不可能的，那就像要解释宇宙一样困难艰辛。甚至，我们解释和延伸一个词的意义，不是使它在时光的长河中越来越清晰，很可能是因为对它的扩大和复杂化让其越来越模糊。但是，我们还是要燃烧它，用我们的感觉，像燃烧我们的生命一样，去燃烧通过我们的那个词。我们不可能发现光明的奥秘，正如我们不能走进词那个坚硬的实质中去一样，但我们依然可以点一把火，用我们的解释为这不熄灭的太阳，来增添些魅力和明亮。

空船满载明月归

又是一年的月到中秋。

中秋的月是流年中的一口深井，踩着日子一脚一脚向前走，直到今夜，在月光中才知道深远，感到静美，并凄然意识到，这口蓄满心绪和光华的井，过了今夜将黯殇为清晨的秋露和凋谢的残霜。

荡一叶扁舟，像思念月在今昔之前走过的期盼和明朝美满之后会有的潸然，今夜，我们从芙蓉蒲边伴月起行。你可以把夜航船荡得慢点，再慢点，不惊醒客居的旅人今夜的浅睡，和邀月的诗人手中的酒觞。你可以在蒹葭丛中让思绪瘦成一杆细苇，也可以在荷香散尽的莲叶中把手伸到湖底，念一句"低头弄莲子，莲子清如水"，可这一句下了眉梢，上了心头，小舟恐怕就再也荡不起了。因为你分明看着它将沿远古到现在，经行之处，悲愤的天问，睿智的逃避，豪情的一醉，和所有芬芳或断肠的思念，都化为厚厚的积叶，令你在默默中伫立。

相看两不厌的，不是只有敬亭山，也有眼前这不要一分钱的清风与明月。可是，倘若月光引起的思绪让你情不自禁捡一句"海上生明月，天涯共此时",或者那句"但愿人长久,千里共婵娟",即使这烂熟的句子就像我们儿时歪头歪脑念《静夜思》那样,被嘴巴快把意思里的真气释放完了。可静静沉入月色,那你还是会为熟悉和亲切下的味道所感动。然后,再想起一句"谁家今夜扁舟子,何处相思明月楼",那芬芳地散发着玫瑰,茉莉,桂花香气的诗句依然依次穿梭着,照在秋日的江头,而性情如此的你,依然会在每个句子里深陷到无法打捞。

年少时对着月光唱歌,常唱那首《月之故乡》。"天上一个月亮,水里一个月亮。天上的月亮在水里,水里的月亮在天上。看月亮思故乡,一个在水里一个在天上。看月亮思故乡,一个在水里一个在天上。"低沉哀伤的调子使你根本不明白歌词是说给恋人,说给思乡的,还是说给造物主的。但此刻,只要你进入,很难说你会不会又像年少时一样,在对着月亮张开嘴巴的时候,忽然间热泪潸然。

少年的时候,那歌唱里大概只有思念。等到现在才知道,连思念都没了,只剩下了"知不可乎骤得,托遗响于悲风"的感觉。甚至对故乡的概念也发生了改变,那里不只是父母的居所,而是生命来处的那个黑团。之前给月的比喻,也是灿烂的,明亮的,喜欢像张爱玲那样觉得月是冬日早晨的一尾冰花。那样想时,心还是纤细的精巧的柔嫩的,可是,之后的月在而今的感觉中,却总是觉得冷,像深井一样不小心就把人掉进去,甚至觉得它是嫦娥捡拾到月宫的一篮寒露,或者是冬日的一脚残霜。等到连凉、寒、冷、残的感受都没有了,望月的时候,就觉得月光仿佛是一面镜子,照得见我们所有人,所有年华的镜子。"人生过得几清明",流逝的永远是望月的我们。我们来这世间,仿佛都是给不说话的月亮之神来做一次玩耍后的祷告,再许一次关于来生的心愿。月亮把我们的往事和哀怨积累起来,我们只要回望一下岁月中消失的,就知道明天新生的,她们的悲伤在月光下,既不会比我们多,也不会比我们少。

"明月几时有?把酒问青天。不知天上宫阙,今夕是何年。"这翡翠一样的句子读起来，竟然还是有着隔了年月的石头渗流的寒气。月亮到宋朝时，已经有点像是十六晚上的月亮了。历史上没有什么月光比唐朝的时候更为明亮。那酒后去寻月的诗人把生命都坠入对虚幻的迷恋，他歌，他醉，他狂，可我总是想他的悲愤，他的忧伤上是如何浮在那被酒精点燃的心房最上端，烧得他又冻得他外冷内热，并让他脚踩两极，吟出那首《月下独酌》：

  花间一壶酒，独酌无相亲；
  举杯邀明月，对影成三人。
  月既不解饮，影徒随我身；
  暂伴月将影，行乐须及春。
  我歌月徘徊，我舞影零乱；
  醒时同交欢，醉后各分散。
  永结无情游，相期邈云汉！

  不管你照着何年何岁的月光，只要理解了最亮的月亮下望月的目光，从哪个字进去，你都会感到呆滞无泪，孤独寂寞到连骨头都酸困，要弯腰捧心才能站住的。因为，月下的字，分外冰凉。

幸福成雪

　　那道亮点，像神奇的小虫忽然一闪，迅速地扎进灰白的背景里。灰白的背景定平了脸，不动声色地将它含进了神秘的时光中。接着，又一道，如此轻盈地一跃，再次遁入虚无。惊讶一下，我转了身。看见那轻小的跟想象一样的点点白光，如同夏夜里的萤火虫，颤颤地飞过，一起潜入了黎明前的芦苇丛。

　　伸出了手，盯着一点光，我希望它落在我的指尖上。可它还没有落下，我的心就开始欢快的痒痒。甚至，我都感到自己的内在，正发出指头依次点过键盘，留下一串"哗啦啦"的响声。可它那么恣意，缥缈，它从我指尖几厘米外的地方消失了。来得不真实，去得也不真实，但是，我竟听见清脆的，像冰凌从屋檐上掉出去的声音，从我心里响起。

　　是雪！我高兴地驻了脚。身后，大地安宁得面无表情。竹子缩着身子，衰草埋着头，灰白的天抱着送给所有人的这灰白的一天时光，像舞台背景一样沉静。不见雪影，但是，空里，竟然看得见这无垠的美丽！

　　我继续接着，一个亮光，一个亮光。雪轻小的，把我都带入了幻觉一样的想象里。有一刻,我确实无法分辨,眼前的亮光,是我的想象,还是雪的游荡。最后,摇了摇头,我再次确信这淡淡的,若有若无的东西是雪时,笑一下子浮起来。对着身边走过的陌生人,我都忍不住嘀咕道:你知道吗,下雪了!这是雪,真的!

往单位走,还是在笑。对着天,对着一走路就不见的雪。一进办公室,我就冲着同事夸张地喊:你知道吗,外面,都下雪了!

"早就开始飘了。"那个素日不爱说话的同事对着窗外,面无表情地吐出了几个字。可是,这么轻,这么淡的雪,他还是感觉到了。原来,再弱的美,谁都会觉察到啊。

乐乐地坐在那里,放着音乐,写着东西,脑海里有一层,还是关于雪。我为什么这么喜欢这些天外来物呢?我确实连下冰雹都喜欢,觉得那可大的一个冰雹都像一疙瘩快乐一样,直直地砸进心里。去年是雪灾,但饱了我的眼福。有一天,我和儿子,以及儿子的同学往回走。那时听着雪在脚下"咯吱咯吱"的响声,我就开始发挥自己的想象:要是有一天,雪可以下得比我们都高,我们出来,就像游雪泳一样,那该多好啊!可以打滚,可以吃雪,亲雪,把雪当呼吸。每个人都在雪里相遇。当然,那时需要比奥特曼时代更超前的衣服。那衣服可以保暖,却不要是铁的。要软软的,薄薄的,像电热毯,不会导电,不会烧了我们,却会给我们提供温暖。世界就是雪,雪就是世界。那么白,那么干净,我们就在其中玩。若四季里有这样的一季,甚至一辈子有这样的一次,也是多么奢侈多么好玩啊!

当然,后面的感叹我留给了自己。但在我心里,我一直希望,可以在山里住那样的一个冬天。雪包围了整个世界。而屋子里有书,有炉火,有嗞嗞作响的食物。不需要出门,也不要去踩雪。让大量的雪那么白着,一直到它们消失,该多好!可是,落在城里的雪却是不幸的,它们的生命还没有消失,就已经被消雪剂清除成一团黑水。我每次看见它们,都很是惋惜。难道，一天不上班，这个世界会灭亡吗？为什么所有的人都被放在流水线一样的日程上，而不能用一天的时间，去接一天的雪来把玩呢？

这是我所不能左右的东西。我只能希望，在今夜睡着的时候，雪一点点地在梦外飘落。等到明天早晨出门的时候，我一出门就有瞬间的惊喜和感动。因为，雪，像一个久未谋面的朋友，赶了一夜的路，站在了我的门口。

那时，我会想把于谦的诗改了，喃喃地念出来：雪卷多情似故人，寒日晨昏每相亲。眼前直下三千瓣，胸次全无一点尘。那时，我会在雪巨大的美前，感到自己被侵蚀的，也心甘情愿的成为一枚透亮透亮的雪。

下吧，下吧，雪。在梦外下得大大的。让我在明早也幸福成其中的一瓣。

第二辑　细致生活

在舍弃中不朽

一

《小王子》那本书中讲到一个故事：小王子有朵玫瑰，他一直认为自己的玫瑰花是宇宙间独一无二的，后来他在另一个星球上遇到了好多相同的玫瑰。他才知道他的玫瑰并不是独一无二的。他为此非常伤心，直到狐狸提醒他才明白，正是他对它花费了很多的心血，才使他的玫瑰在他心里变得如此重要。

这个故事让我想起朋友说起的一句话，他说，巩俐比我的初恋女友漂亮，对我没有任何意义！为什么？因为，巩俐再美，与你毫不相干，但是你对你的初恋付出过感情，这一切就完全不同了！

思索人类的情感，无不是这样。我们最爱的不一定就是最好的，但是，我们就是觉得自己爱的东西不同寻常。是此物真不同寻常吗？不是，是我们投入的专注，以及花费的精力和心血，使一切有了不同的色彩！

或者这么说，爱这个微妙的东西，不是因为别人的给予才拥有的，而是因为你的付出才拥有了它的好！就例如父母和子女，如果坦然面对，我们爱儿女的心总是超过我们待父母的心。为什么？因为我们没有一个人对父母的付出比对自己的孩子还多，所以我们任何人爱父母的心，都超不过我们爱孩子的心。

不舍即不得。我们并非为了得才舍的，可是恰恰在舍里埋着深厚的得到，正如是付出，给予，舍弃让我们拥有爱了一样。

但简单的话，在嘴上念得再熟稔，却不是真钻进去明白了。即使钻进去理解了一句话，可从理解到做到，那中间还有漫长的距离。

二

没有任何人的作品，像尼采那样敲击过那么多人的心灵——一时把你拉到离地三万英尺的皑皑高空，一时又把你扔到黑不见底的深渊。可也的确如同威尔·杜阑评价的那样：没有人像尼采一样，为自己的天才付出过如此沉重的代价。

常在心里琢磨"天才"这两个字，发现天给的才能真是要用人间的幸福来换的。那名单不用罗列，稍稍闭眼想想，都知道那一长串伟大的名字是怎么样把自己的幸福彻底捐献，然后再把壮烈的血泪和天赋的才能涂到永恒的墙上。

天才每个人都可以做，假如你醒悟了，你就会发现神一生一定给过你这样的机会，你一定遇到过这样的路口，听见过这样的选择：你要哪个？

要哪个？你当然都想要，但没有全选的机会和资格。你认为你那完好的妥协是明智的，但是，所谓人的一点点聪明和狡猾都逃不过神的眼睛。假如你不够纯粹，你会发现你背离初衷绝对不是一点点！假如你没有把人生过坏的胆量,假如你连一点代价都不肯付出,天,只会对你越来越失望,而才能也不屑于附着于你这样懦弱的躯体上。因为,你从来没有爱心里的真理超过你自己,你不配得到这样的拣选与重任。

常看烟花,看它们黑黑的样子被一个坚硬的壳包住,是如何的奋力一搏腾空跃起,最后在绚烂与美的极致中毁灭。

尼采说:凡具有生命者,都不断在超越自己。泰戈尔又补充:不朽乃在于再三地超越生命的规定形态,从而追求生命的无穷真理。那些认为人生的真正意义在于坚持我们所熟悉的特定形态的人们,他们就如同守财奴一样,没有能力搞明白这个道理:金钱的意义,只能在花掉金钱中找到。

你敢大方把生命当一张钞票一样花掉吗?

你一定知道,那超越的含义就是舍弃。宝贝在舍弃中,灾难也在。

知己就是打你七寸的人

那晚单位有个案子，一位英国人被盗，小偷被同事抓住了。他来替上级部门搞宣传。一身蓝黑色西装，斜倚在沙发上，手里闲闲雅雅捏着几张纸，娴熟地把那份英国人的报案材料翻译出来，他流畅、自若、不紧不慢的样子给我留下了很好的印象。后来不知怎么的，单位有人给我介绍对象，一见居然是他。我大吃一惊。而他后来的话更让我吃惊，他问我是不是专门找别人把他介绍给我的。天哪，亏他也能说出这种话来，本小姐又不是嫁不出去，他居然会说出这样的话来，实在可恨！但他就这样说了，而且，我还没志气，嫁给了他！

婚后，我大呼上当。他大我八岁，我一点便宜都没占到，唯一沾光的是他比较帅。可帅有什么用呢，结婚前都想找个帅的撑门面，婚后就会发现别人恭维的漂亮和帅实在不能当饭吃。

我虽自觉吃亏，又为他鸣不平。他要早几年结婚，现在什么都有了，偏要等到现在要什么没什么地和我一起奋斗。这些话给他听了，回答却是振振有词：我也想结婚，可你那么小，我怎么办？只好等你长大。

尽管他一无所有，我也不真在意。但这样滑头的话，谁信？

有一天晚上我做了个梦，梦见儿时的朋友在一起还像小时候那样上学，放学后又去河边玩。也不知道玩什么玩开心了，就使劲笑，笑着笑着就笑醒了。醒时天已泛白，我推了推一侧的他，说我梦见儿时同学，明天要去找她们。可他居然在半梦半醒中来了一句：要是你梦见了神仙，是不是明天打算上天？

他就仗着他很了解我专门欺负我，拿我的弱点对付我，专挑我的刺，像打蛇一样，专打七寸。比如我准备写这篇文章时，对他说了，他一听名字很快摇头，得得得，你浑身都是七寸，谁打谁中，还用得着我专门费劲！

但我也有应对之法。尽管他不在家我真心盼他回来，但他一回来，我就故意冷落他。他不知我生哪门子气，说话十分谨慎。我于是趁机发泄诸多不满，指派他做这做那，他大气不敢出。有时我说过分了，他也生气。他一生气，我就赶快道歉。他发现其中门道，开始以我之道还治我身，对我不理不睬。示好几次后我明白过来，赶紧声明，男人绝对不可以使如此三八的招式，这种游戏才作罢。但从此以后我在他那里落下了话柄：贱婆姨！

有孩子后，我们经常会就出门带不带孩子发生争吵。他说带，我说不带。他说我不负责任，我说你玩够了和我讲负责任。于是每次出门孩子一闹，我就情绪不好。他哄完孩子又来劝我，最后叹息：我简直有两个孩子，一个女儿，一个儿子，大的比小的还不省心。

他没有太大野心，安心享受平静的工作生活，与我一起分担家务。甚至，因为我喜欢看书写点东西，他承担了更多家务。我很多同学见他都说，像这样的好男人已经太少了。

我自然知道他的好，但毕竟不是冤家不聚头。有天晚饭后我们又赖在一起拌嘴。他说他八岁时不知道我在哪里，要是知道可以提前认识抱抱。也不知道我在哪所中学，否则可以提前资助我上学。我们就这样说着笑着嗔骂着，说到最后，他忽然喃喃自语，我大你八岁，有一天我走了，留下你一个人还要孤零零活着，我真不放心。我很乐观回答，你家族人天生长寿，都活到八九十岁，我们家族不行，都是六七十岁，到时刚好一起走。

　　说虽无心，细品起来就很不是滋味。我开始想象那如果存在的时光——我会在套被罩时想他，因为我至今不能一个人完成此项工作；我将在灯泡坏时想他，我不敢动电；我将在做饭时想他，为他做多的饭又将没有人吃；我将在装不满的屋子中想他，因为熟悉的气息没了……我会去他待过的每个角落，任空荡荡的风吹着想他，想他这个宠我惯我欺负我逗我乐的男人，想再没有人对我那样说话，即使说也没人会说的和他一样好，想我们终于在这人世间失散再也不能在一起……

　　想着想着泪开始在黑夜里汹涌。可我忍住抽噎声，故意装笑逗他：不说话，你哑巴了？

　　但很快我就沉默了，因为伸过去的手在黑暗中摸到了一把湿乎乎的泪。

每天的路

上下班的路，有一段可以走过城墙根下的环城公园。可我很少走过。

每天坐在办公室，当颈椎和腰椎不舒服时，我就站起来活动一下。心想，从明天开始，去环城公园坚持锻炼。可一天一天，我宁愿在清晨醒过来时，睁着眼睛犯空想症，把时间一点一点消磨到上班时候，才坐车到单位。却很少去公园里锻炼一下，看看那些花花草草，呼吸一下茂密的树木间丰沛的氧气。

大约真是郁由静生。总是懒懒地不愿动，竟无缘无故感到苦闷。周日那天下午，算是苦闷到家了。上网吧，觉得最后无非是空虚无聊，还闹得腰酸背疼得不偿失。跑到书店抱回一大堆的书，崭新冒着墨香，翻开后又头昏脑胀。吃饭吧，想着自己那懒得锻炼又随时可能奔向肥胖一族的身体，咽了口水决定睡觉。和孩子一起从晚上八点多一下子睡到早晨六点左右，终于两个眼皮彼此腻烦地再也无法保持友谊了，才慢慢爬起来。冲了个澡，把几件衣服洗干净，擦完桌子，吃完早点，甚至破天荒画了个淡妆。一看时间离上班还早，就决定到公园里走一走。

公园已经很热闹了。沿着曲曲折折的路走进去，随处可见穿着休闲的运动装，手里拿着运动用具的人们出出进进。

蜿蜒的小路一旁，横着古老的护城河。隔着护城河种着一些国槐，槐树下，落了一层米粒一般透明的黄花，晶莹可爱。我蹲下去捡了一枚捏在手中，发现一个花瓣昂着头，其余的都各分两翼，简直是落了一地的黄色小蝴蝶在玩耍呢！另一旁是些石榴树，碎碎的石榴叶子中间，探出许多青红的石榴果，个个都露出腼腆的笑。有许多石榴花开迟了，但依然那么执着认真，嫣然在开花。有的石榴花血红血红的，明亮耀眼。有些则是纯一色的白，素净纯洁。还有一种石榴花像用绢纸做成的，橘红色的花蕊围着一圈白色的蕾丝花边。徜徉其间，觉得表面的石榴花开得何等艳红旺盛，而整片石榴林的底部给人的感觉仍是安宁而沉静。

穿过石榴林，沿着小路继续往前，一片郁金香浓郁地覆在地上，尽管已经开到荼蘼，可它还是整齐地如同列队的卫士一样在拔剑守候。郁金香的边上，斜横着几棵树。核桃树浓密的叶子下，挂着不少绿绿的果实，而一株松针树下，居然独一无二镶满一圈圆圆的喇叭花，粉嘟嘟的一层，好像一个少女的心在表达自己浓烈的爱慕。有一株毛桃树，叶子已经被虫蚀光了，但争气地挂满了毛茸茸的桃子，细细的桃尖带着残疾的树内心的声音，将渴望伸向天空。再往前走，远处的山坡上，有很多很多的喇叭花，好像归家的晚霞累了，在青青的山头落了一片，驻驻足。山头直向护城河下瞥去，看得见一些垂钓的人们，在悠闲地打着竿钓鱼。山坡另一侧很平坦，是一个锻炼场。每个健身器材上，都有许多人在做着吊环、仰卧起坐等运动。看着那些人的劲头，我也被感染了，把包挂在树杈上，伸展着腰，活动了一下四肢。直到觉得时间差不多了，才继续前行。

在这里，越走心情越好。

走到西门城墙处，大众舞场上已有很多人在那里跳舞。老的、少的、男的、女的、好看的、不好看的都那样扭动着身躯。那股子热情扑面而来，好像一下子就把人淹没了。抬头，西门的城楼，苍老的城墙依然那样静静矗立着，黑色的燕子上下翻飞，滑翔游弋着。那群燕子换了一茬又一茬，那群人也是。这一切，千年不变的古城墙一定看得见。可是，它同样也看得见，无论是哪一群，只要是活着，燕子和人，都会坚持不懈地以自己的方式说话，以自己的方式表达爱。

还有什么比这更好呢？

耳机里，MP3放出的音乐正是梁静茹的那首《瘦瘦的》——我的心，现在瘦瘦的，很容易就饱了。我的梦，现在瘦瘦的，一下子就满了……

也许，心瘦了，梦就饱了。梦饱了，每天的路就能这样闲闲走来，触目皆成风景。

绿茶女人

　　认识她时我刚毕业，在一家单位实习。

　　我对她的第一印象平常极了，平常倒没什么感觉，唯知她是一个临时工一个话务员而已。但她的美就像一些干枯的茶丝，是泡久了品呷后才懂得的甘醇。

　　她三十七八岁的样子，衣着简单，人很朴素。她的朴素使你绝对不会把美和她联系在一起。但她又很有味道，她的味道就是你和她相处起来会感到很舒服。现实中美丽的女人不少，但让人感到舒心的女人又不多。

　　我因为实习离家远，在单位住。而她要值夜班，单位女同志少，所以没事我常去她那里聊天。慢慢地也熟悉了，话家长里短，说喜乐爱好，成为我们之间常有的事。

　　我那时还是个学生样，走到哪儿嘴里都哼哼叽叽唱着歌。她没事很喜欢听我唱歌，人有一门手艺喜欢显摆是难免的，何况从小我都可以保持班里独一不二的独唱节目呢！所以只要我认为好的歌，就统统唱给她听。她常会在我唱完之后，很快用笔记下谱子，下次再按谱子唱给我听，问我对不对。她这一举动让我很吃惊，要知道我从小就喜欢唱歌，至今却不识谱，或许是没受过这方面教育，一直觉得挺难。但她凭着自己的揣摩悟性却对乐理知识搞得这样熟稔，实在让我刮目相看。

相处久了，我发现她让我刮目的绝对不止这些。她常找我借书，没事就会把一本子一本子摘录下的那些东西拿给我看。我也常抄点东西，但由于懒，做得很少。这些本子让我又一次无由地感动，一个快四十岁的女人，居然在生活的磨蚀下，可以保持这样的心态，为自己营造这样一个氤氲的生活氛围，让自己有这样一片诗意的精神空间，让平淡的生活悠然自若充满情趣，我不知道等自己到这个年纪，还有没有这份闲情逸致。

她喜欢和我唠叨生活琐事，说她的家庭。我喜欢一个女人这样的抒情方式，不光用歌声、笔、还有嘴巴。当她对着窗外的夜色叙说她的生活时，那富有感情的语言和忘情的样子使她整个人弥漫着一种独特的韵味和情调。虽然她内心因陶醉起伏，但她安宁的坐姿会一直一动不动，显得优雅平静。她那样子让我一直难忘。如果说十八九岁的女孩是一杯果茶，色泽艳丽，色香微涩，二十八九岁的女人是一杯花茶，精致清丽，馥郁芬芳，那么她这个年纪的女人就是一杯绿茶，入口清淡，回味甘醇。

在她嘴里，女儿总是可爱而懂事，虽然女儿学习一般，长相平平，可她从八九岁放学后，就知道给在工厂上班的父母做饭，尽管女儿做出的饭菜实在口味一般，但在他们家人嘴里却一致美味可口；老公没有多大能耐，也不能为她挣很多钱，可无论她多晚下夜班，他都会起身为她从热水壶里打来一盆泡脚水；她对自己也相当满意，尽管她只是这个效益不错的单位一名临时话务员而已，尽管她每月只有三百元工资，但她却能找出这个工作的诸多优点。她说由于工作不太忙，她可以抽空给孩子出出作业题，织几件毛衣看些书甚至唱唱歌，而她来这里人缘很好，大家又都很喜欢她。

如果不是后来发生的事，我会一直认为她如她所描述的那般幸福。过年单位发了东西，派车为大家送。给她送时，我也去了。车在一个厂区七拐八绕，终于在一个很破旧的三层楼前停下了。搬东西进去后，我才发现这是个单身宿舍楼的两间打通后变成的两居室，房间结构布局很差，采光也不好，我有几分不好意思，心想，这就是她描述的所谓幸福生活的背景？虽然我知道她的境况不是太好，但也不至于是这样子，除了那个29寸的老式电视机一侧放着一个小冰箱外，屋里再没见任何电器。思量着她被我看见这一幕大约会很尴尬，所以我一直低着头，尽量不和她对视。可她好像根本没在意到这一点，依然热情地给我们让座倒水，削水果给我们。她平常自若的样子好像没有因为表演舞台的一点简陋而显出丝毫发窘，相反，她娴熟镇静应付自如的样子却让这个平凡简陋的家变得充满光彩盈和。

我们小坐一会儿就下楼了，她一直把我们送到车跟前。冬天萧萧的树枝间穿过几缕阳光，打在她那被风卷起的头发上，她扬起手微笑和我们道别。

我看着她站在那里，人很清瘦，但端庄挺拔。衣着简朴，可告别的姿势依然自然优雅。她就是这样一杯浸透了岁月甘露和风华的绿茶，在翻卷无常的现实中间，温而不躁，静而有序，让自己在沉浮困窘中活得体面滋润而有尊严。她就是这样一种包含了故事但仍清明淡定的女人，给她一根线头，她能织出一条锦缎。给她一片叶子，她能找到整个春天。

细致生活

早晨起床推门出去，婆婆坐在沙发上，她面前的茶几上放着一碗水泡的花生米。

一看这情景，我马上明白晚餐要吃宫保鸡丁了。每次婆婆要做这道菜时，就会剥花生米。她把那些晒干的花生米抓两把，在水里微微泡一下，然后剥去上面那层红皮。我有次不知深浅，看她在剥，就主动请缨。用指甲抠了几粒后，才感到有力无处使。没剥几粒，五脏六腑就好像有无数只小虫子在爬在抓，挠心地想吐，可此刻那两把花生米也只是被我剥出几粒白色的躯体而已。

婆婆好像专门喜欢吃那些费工夫的东西。每年清明刚过，正是茵陈初生时节，婆婆会跑遍大半个城去买茵陈。那时茵陈刚长出半指长的绿丝，根本称不出什么斤两，街上卖茵陈的人也很少。婆婆要是买到了，就会拉着公公两个人兴致勃勃坐在一起摘。我早上走时，望着那堆沾满灰尘杂草的茵陈，心想从这一堆柴火中拽出几根头发丝一样细的毛毛菜来，闹心死了，白送我都会扔掉。可下午回来，他们已经摘完了。他们将细嫩的茵陈择净，再将沾满晶莹水珠的茵陈放进锅里来蒸，满屋子便散发出微微的清香。待到荤素不同的茵陈盛放在镶着小蓝花的白色细瓷碟里，拌点蒜，再浇点酱油和醋，搅一下放进嘴里，我又感到这茵陈的确是特别的好吃。

　　婆婆的细致耐心感染了全家人，公公就是典型的好徒弟。公公每次择韭菜时，就会戴着他那老花镜，用两只手捏着一根韭菜。从根子一直看到梢子，那神情好像一根韭菜里藏有天大的学问和奥秘似的。我初看到这个神情，实在忍俊不禁。可久了，就发现其中的好。公公择的韭菜实在好淘，他的韭菜我拿去在盆子里翻洗几下就好了。可我择韭菜，总是一把一把拿起来翻翻看看，两下就完了。等到淘时洗上个六七遍，却还会发现没有择干净的黄叶子掖在中间呢！

　　婆婆做菜也十分精细。她的刀工不错，每次她把红的绿的菜切得细细的，规规矩矩放在盘子里，还没等炒，我就来了胃口，深恨自己刚才在她做饭前打电话说自己不吃东西了。而比之婆婆，从我手下出来的菜简直好像是牛刀铡的，一看长短就让人马上没了胃口。以前我最拿手的饭就是给人家做老家的臊子面了，韭菜切好，肉臊子撒在滚烫的汤锅里，来回起伏，再浇在白的面条上，撒点韭菜，很多人都喜欢吃。可婆婆吃了几次后就改变了做法。她把豆腐、黄花、木耳、胡萝卜、土豆、葱花、豆角切成正正方方的小丁炒成素臊子，再把鸡蛋在平底锅中摊成薄薄的饼，切成菱形的小片放在盘子里，把漂着肉臊子的滚汤浇在面上，撒上素臊子、鸡蛋、韭菜末，看起来色相诱人，也更加好吃。

　　婆婆的细致在家居生活中也不例外。她的床头至今放着一架老式缝纫机，家里随便有一块什么烂布，经她一折腾，立马变废为宝。儿子出生的蚕丝枕头、洗衣机罩子、空调罩子都是她按照尺寸做的。她从不随便乱做什么，每一样东西的颜色搭配都十分讲究。空调是海兰色的，洗衣机是雪青色的。连家里那些开关按钮上的装饰品，她都一块一块买来白色的蕾丝花边，用粉色的垫布缝起来，做得小巧而精致。甚至，为了避免那些餐桌的椅子蹭着白色的墙留下难看的印迹，她还给椅背上用紫色的毛线织出一段护垫来，软软地让整个家都充满一股子温馨。

　　婆婆爱花，阳台上尽是些花花草草。她的花并不名贵，一年四季却开个不断。甚至到冬天，她都要买些水仙、杜鹃放在屋里。那些花稍不留意，就开得满藤满架。婆婆还很会废物利用，楼下谁家装修刚扔的木板，很快就被她变成了花盆下的垫板。有次她拾到好多的白色防火板台面料，她把那些一块一块对起来，使整个阳台外的防盗网内好像做了一层白色的木地板一样，马上干净整洁了许多。老公有次买了一箱方便面，盒子是塑料做的，硬而精致。婆婆把那些盒子一个一个积攒起来，居然在那些褐色泛着浮雕纹路的塑料盒子里种满了彩色朝天椒和牵牛花，使我夏天的每天早晨一睁开眼，就可以看见一串子牵牛花绕着防盗网的铁栅栏热热闹闹向上爬，在开紫色的花呢！

　　在婚后这种家庭生活的影响下，我也由一个不谙世事的女子变成了一个热爱家居生活的人。我喜欢一拉开衣柜，就可以看到爱人那些深色的西装挂在那里，透着股可依赖的安妥；喜欢儿子小小的衣服叠在一起，像他露着他不同季节里的笑脸和神情；我也喜欢自己的裙子整洁地挂在它们中间，有一股被爱拥满的感觉。我更喜欢三个书柜里的书一层一层一本一本，整齐排列着，使我闭上眼睛都知道从第几排摸出的那本书叫什么名字。我喜欢茶几、窗台、柜子永远透着一尘不染的明亮，喜欢枕巾、被罩、床单干干净净，平平展展，散发着好闻的味道。所以，每次下班回家，我都要洗漱完毕后好好收拾一下屋子。先摆一条干净的毛巾，把窗前、桌子、书柜彻底擦洗干净，再放一段音乐，摊开一本书，静静靠在床前。以前，我会攒够一洗衣机的衣服再洗，可现在，我会不能容忍在睡觉前屋子里还有最后一件脏衣服存在。似乎把屋子每个角落收拾得干净整齐了，这一夜的睡梦也会做得格外洁净舒服一样。

有一阵子换了单位，办公室人很多。早晨自己收拾好的屋子，一会儿就被那些不知道珍惜的同事用乱拉的报纸，胡扔的烟蒂弄得乱七八糟。为此心里很是不爽，有一段时间，心情整个是灰糟糟的，甚至不愿意在办公室多待一分钟。可在那种看不得乱的家庭生活影响下，自己只好硬着头皮一遍一遍收拾。后来渐渐发现，在收拾打扫的过程中，整理好的不仅是办公室，还有那满是牢骚抱怨的心情也随着垃圾一起被丢在了垃圾箱里。

也许，细致的生活真是这样，它可以通过一种劳作方式，在对外物的归纳收整过程中，擦洗梳理干净我们内心的沟沟壑壑，从而整理出一份明朗洁净的好心情来。

我生命中的好天气

冬天还没来,我就给孩子描述,如果到冬天下雪了,我们可以穿上厚厚的旅游鞋,向绵绵软软的雪地踩下去,听厚厚的雪发出"咯吱咯吱"的声音,在脚下被踩压成薄薄片片,那种感觉就十分美妙。

如果可以抓一把,再抓一把,玩成一个晶莹的雪球捧在手里,看它融化成几缕水,那喜悦自会加倍的,更别说堆雪人,用红萝卜做鼻子插个树棍做嘴巴了。

每夜睡觉前,我就边拍哄孩子边说,睡吧睡吧,睡着了,做个好梦,一觉醒来,窗外就白茫茫一片了,该多快乐呀。每次我这样说,孩子就喜得发出咯咯的笑声,仿佛他已经看见雪了。这时我也满心的笑意,不比儿子少一点。

大约今年北方夏秋两季雨太多都把雨水下完了吧,这个冬天竟一直没雪。

前几天早晨去上班,一出门,觉得天上满盛着一堆状如磐石的雪块,直直地要往下坠,天被压得好低,有种不堪重负快垮下来的感觉。

我以为雪不久就会落下。第二天早晨起来，隔着窗子看见外面路上屋子上白白的，还以为下雪了，一出去就发现上当了，没有雪。天地奇冷无比，像冻透的脸，没有血色，凄惨地白。

对于雨雪声我有一种天然的敏感。夏天时晚上睡觉，刚一听见雨打在窗棂外遮阳篷上的"砰砰"声，我就会从梦中惊醒。爬起来一个人在窗台边傻站一会儿，看见窗外的雨落下，打在树叶上格外欢快，而打在路灯下积着的水涡中，则像一串串久别重逢的亲吻。雪落虽然无声，但我还是分辨得出车走在上面不同于往日的响声，带着温柔，蹑手蹑脚地走过去，好像怕吵醒了梦中人，而我恰恰就被这种格外的小心惊醒了。昨夜梦中，我已经听出了这种粘粘的车声，但我没有起来。不是不欢喜，只怕再失望。

今天早晨一起床窗外果然充满惊喜，下雪了。尽管地的积温还不够，雪落下就像雨一般，着地就化，但我已很快乐。

雪飘飘洒洒飞飞扬扬优优雅雅落下，美得让心颤神怡。天地在雪舞中间似乎凝滞了，时间好像都是为了看这些精灵舞动而存在。在单位一整天无事，我都倚着玻璃窗向外看。看见最初的雪薄薄一层落在窗外的花蕊里，宛如红唇雪齿。再看着雪越积越厚，花变得粉雕玉琢。到下午时分，太阳出来，大地红装素裹，妖娆中的雪渐渐在花上散去，像极那句词"香腮粉未均"。

一整天我这样站着，觉得可以就这样站很多年。

下班时同事叫走，我转过身喃喃自语：今天真是个好天气，中午应该出去走走。

同事笑道：这还是好天气？

我想想也禁不住笑了。

是啊，这样的天气，路又滑又脏，简直破透了，哪里会是好天气！不仅同事笑我，连母亲以前听见我这样说了，都会骂我。

可我就是喜欢这样的天气呀！

这样的天气里我的皮肤总出奇光滑，我的触觉总异常灵敏，我的心思会飘得高远高远，我的嘴角不由分说带着微笑，而我总想不打伞走出去。

这样的天气，冥冥中主宰万物的神灵也像个孩子一样，不掩饰自己的七情六欲，在向我们撒娇使性子哭鼻子。这时候，我就出奇爱她，我觉得她可爱而多情，不像一个板着脸的老学究老古董，没有喜怒哀乐，或者把一切虚伪隐藏起来。

这样的日子里，我也想张开胸怀，去拥抱去珍惜去爱。因为我喜欢畅快，喜欢淋漓，喜欢尽致尽兴，喜欢看见周围的一切都这样张开胸怀，所以我喜欢一切风雷闪电、寒潮霹雳、流岚暮霭、落雪下雨的日子。我觉得大自然在这样的日子里飘荡着一种敞开、一种释放、一种童心、一种不同于风和日丽的爱。

这样的日子是天使流露出来的真性情，是我生命中永远想要的好天气。

精确的公公

每天早上,还在睡梦中,就会被一阵急促的响声吵醒。最初是拿报纸门在响,接着水壶"滋滋"冒气,牙刷在杯子里来回搅动着。大门开了关,公公去取奶。"滋滋"的吸咂声,是公公空腹喝第一杯蜂蜜水。再一会儿,又一阵吸咂声,是公公喝牛奶。然后客厅就会听见咀嚼声,是公公的早餐——一口馍两口芝麻酱。完事之后,彻底寂静下来了。那时如果你起身看表,北京时间一定是7点40分。

楼下邻居问婆婆,你老头是不是还在上班?真辛苦,那么大一把年纪了,每天起得那样早。

赶着压着点走,也难怪别人误解。公公的时间观念强得让我嫉妒,我常想:为什么我想起来早些就被瞌睡虫拽着如何也挣扎不了,他体内的生物钟就调得那样准。

早上下楼后,开始晨练,绕环城公园跑两圈,在里面打打太极拳,舞舞剑,找票友唱京剧,吊吊嗓子,中午11点50分,家里大门就会准时被拧开。在婆婆一顿精心准备的午餐下肚之后,赖在床上听两个小时的京剧，一边听，一边摇头晃脑地打着拍子，然后又出去忙了。

不吃肉，40多年坚持吃素。素食十分有讲究，蕨麻、扁豆、红枣、饸饹、百合、银耳等，在膳食中搭配不断。怕公公营养不全，婆婆在他的饺子里放了点猪油，坏了他的规矩，被骂了一顿，生了好久的气。

每天报纸一到手，用订书器订得端端正正，眼镜、钥匙、剪刀，任何一件东西都有它的摆放位置。谁要拿乱了，少不了一阵骂。

公公认真、倔、还认死理，且方位感极差。你要告诉他到什么地方见面，一定要说下了车往什么方向走多少米，有一个什么。你要说在什么地方不见不散，完了，他一定找不着。他第一次从他上班的地方来我们这个城市，我们告诉他下了长途车，直接在车站口坐4路车就到了。婆婆把饭做好了，等了很久，人没来。一会儿电话过来了，对着婆婆大发脾气，说4路车有红的，还有黄的，有长的，还有短的，为什么不告诉他到底坐哪一种？

公公有个很大的文具盒，里面放满了他没有退休前画图用的铅笔圆规等，我从没见过铅笔削得那样尖细。公公退休后，一些建筑单位曾想高薪返聘他回去干监理，但儿女们都嫌他年纪大，爬高太危险，没去成。他闲不住，在老年大学又进修舞蹈和京剧。因为一头浓密的白发和七十多岁依然板正挺拔的身材，被选拔参加市里老年模特大赛，前一段时间还去香港参加什么比赛，最后拿了金奖，回来前公公在香港给婆婆打电话，说需不需要他在香港买些什么东西，婆婆的回答很绝：你觉得你这辈子会买什么东西！

公公有个台历，记录的全是一些生活中的鸡毛蒜皮之事。

今晚10点15分电用得只剩下20度，报警灯响后立即将5月31日买的400度电输入，连所余共计420度。3月19日买的300度电今晚只剩下20度，净用300度，共计63天，平均每天用4.76度

电。今天输入的420度电按每日5度算，可用84天，即由6月1日—8月23日。——2005年5月31日

今天查询天然气剩下45立方气，10月21日输入136立方气，至今已用去91立方气，共115天，平均每日0.791立方气，按每日0.8立方气计算还可用56天，即到4月10日才可用完，原计划5月9日用完，可能估计有误。——2005年2月13日

淑芳今天回老家，早上9点上车，大约10点30分到。晚上打电话过来，说车误点，11点才到。——2005年7月28日

我第一次看见这些东西禁不住哑然失笑，这些鸡毛蒜皮的生活账也能附注文字？

由于不大看电视，公公每天记在台历上的天气预报就成了我的穿衣指南。一天早上，我又去看天气预报，黑色的钢笔在台历底下写着五个字：今日理白发。

对着台历站了半天，才发现鼻子有些发酸。

会有那么一个早晨，我又如常去看天气预报。当习惯被戛然而止，白色的纸上没了熟悉的字迹，我一定会无限怀念这个在一个屋檐下生活了很久，精确成癖的公公。

忘记与铭记

忘记与铭记可以这样解释：取或舍、拿与放、坚持和放弃、删除与保留。

当它被翻译为取与舍、坚持与放弃时，它往往关乎成功、关乎失败、关乎雄心、关乎壮志、关乎卧薪尝胆、关乎韬光养晦……

韩信如果不能忘记胯下之辱，铭记"小不忍则乱大谋"，就不会成为一代名将；司马迁幽于粪土之中而不辞，牢记锦绣文采表于后世的雄心，才会有史家之绝唱传世；苏武出使匈奴，到北海牧羊十九载，如果没有坚定的信念，忘记自己感同身受的种种折磨，坚持自己作为使臣的气节，就不能成为后世景仰的楷模。

综观他们的人生，都有相同的一点，就是他们知道所求者大所忍者多，故在面对自己坎坷的境遇时，都适时地放下包袱，背着宏图远志上路。

当忘记和铭记被解释成拿与放、删除与保留，它更多时候关乎琐碎、关乎生活、关乎心境、关乎幸福、关乎日子、关乎凡人生活的一切……

我曾在一家单位实习时，碰见过这样一个的女人，她在单位电话班上班。这家单位的效益很好，可是在这里生活的人大家都很深沉，每个人都板着一张脸。相反，这个女人看见谁笑脸都很灿烂，仿佛她是这世间最快乐的人。后来我才知道她只是临时工，工资比那些正式人员少很多，每月不到三百元。可是她好像毫不在乎这些，见到我时总是哼着歌。

她的孩子有一次中午放学后到单位，女人在饭堂打了满满一大碗米饭，只要了一份粉蒸肉。看着女孩子那样急急往嘴里刨饭的样子，我心里有些难受，现在还有对饭这么贪的孩子，在我的身边，好像都是些为孩子不好好吃饭发愁的家长。不到十岁的女孩子好像很久没吃过肉，不一会儿就把那碗米饭吃完了。我把自己买的那个肉夹馍给女孩，但被这个自尊的女人挡住了。

女人有一个不会挣钱的男人，可是女人不止一次告诉我她不嫌男人不会挣钱，她的男人真好很会疼她，每次加班不管她多晚回去，男人都会起身倒一盆热热的水让她烫脚解乏。女人还说自己的女儿学习中等，但是很懂事，每天放学回家就会给上班没有回来的爸爸妈妈做饭，虽然孩子很小做的饭并不好，可是她还是很感激。女人听说我爱唱歌，一见我就问最近又流行什么好听的歌，她很聪明，往往我把一首歌唱上几遍，她就记住了谱子，她告诉我识谱是没事自己跟着书琢磨着学会的，我很惊讶，可是我更惊讶的是有一次去她的宿舍，居然放满了一本一本她抄的诗词。当我翻阅着这些从报刊杂志上摘录的诗词语句时，不禁抬头望了望女人，她并不美，但她那皱纹间很自然绽放的笑容却让她像一束散发着淡淡清香的静静百合。望着她那一刻我的心里忽然充满感动，快四十岁的人，大多数被生活折磨得疲惫不堪，个个看起来神情木然。可这个女人却能够把她的生活过得像诗一样美。她的生活跟很多人比起来其实都不够好，可是她好像总有本事把那些生活中不好的不快乐的东西从篮子里拣出去，而给自己留下满满一篮子红润诱人的草莓。

也许对于平凡的人生来说，我们需要的就是这点。无须得到很多，只要有一颗善于感受和懂得放下的心。一场雨起，一阵风过，一朵花开，一声来自内心深处的亲切问候，一张毫不矫情的善良笑脸，一个善意的帮助艰难时的扶持，一段心心相印的高山流水，都会被感恩铭记；而对于那些恶意的嘲讽，不知深浅的骄傲，不公平的机遇，不能由自己来选择的身世，都能够被明智遗忘。把不快乐的东西写在沙子上，让它很快被风吹走，而把那些好东西珍藏下来，走在坎坷的路上告诉自己人生还有东西值得坚持，并在它的鼓舞慰藉下，滋养生命结出美的果实来。

如果你肯这样做，你的生活就会充满幸福的味道。

话语在路上

春节长假最后一天，阳光忽然格外明媚。你说要出去走走，我点点头。

几乎不用说话，我们就沿家走到玉祥门外的环城公园段。你喜欢这里错综复杂的小路弯来绕去，我则喜欢这里的安宁可以把乱糟糟的心走得静下来。所以，我们都爱这样的散步。

进门处，沿着护城河边的迎春花开了，金灿灿一排，那光亮顷刻间打开我们的笑脸。不知是不是心有灵犀，几乎在同时，我们都弯下腰把鼻子凑过去。我看见黄色的花瓣捧着一粒粒的花蕊，不，像话语，给天，给大家说。我听不懂，但仍固执于自己的感动。你呢，看到两只小蜜蜂，在黄色迎春花间窜来窜去。用手指给我时，却不小心撞了头。摸摸脑袋，我们都笑了，然后继续向前。

弯弯曲曲的小路有三四条，你走那条画着波浪状的石板路。我也跟在后面。太阳把你小小的影子拖得很长，我也起了玩心，不断跟在后面踩。你离开一个石板，我的脚就踩过去，你欢快地跑起来，我就开始追。

偌大一个公园，我们完全忘了别人，好像这个古老的城墙，偶尔的人来人往，都是为一个孩子一个母亲来做着舞台道具。正午的太阳渐渐把你的影子变成小小的圆点，我比你大好多的影子在你身后追随着，两个黑黑的影子笨笨地在地上抖动着，让我想起你老爸送的绰号——胖胖、淘淘，总之很类似狗的名字。为了这难听的外号我不知道和他吵了多少回，可他照叫不误。现在看着地上两个黑黑的影子，我却无端欢喜起来。如果常能有这样闲散的心境，带着自己的小狗去草地上到处溜达，就做一对太阳下懒洋洋的狗妈妈和狗儿子又如何？可想着自己居然认同了如此难听的名字，我一个人笑出了声。

你放着孩子贪玩的劲，继续撒欢，我在附近一个石凳上坐下来。虽说春天才初来，但河对面柳枝上的嫩芽像一句句的诗，在空中又写了好多行。柳是一群群敏感的女子，在一点点春风里就醒了整颗心。其实此刻大部分树木还只是灰黑的水墨色，瞧眼前这片石榴林就更是，甚至还挂着去年的果实。地上未枯折的白草远望去，泛着点点青。或许四季更替根本牵扯不到什么死亡，只是一个游戏，一局打完的扑克在重新洗牌，那绿也不是衰败，而是随着一个游戏沉到水下，如今又竭力浮出水面。是的，我喜欢这个"浮"字，那些绿就是一颗闷在水下的心要浮出来透气的感觉。

因着这样的乱想，我抱着膝盖坐下来。坐久了，恍惚间竟觉得自己也如同春天园中的一株草了，直到你来叫我。

路上忽然有种特别熟悉的香味扑面袭来。心里诧异，附近没有花开，哪里来的这股香气？走了几步，才见一地落满杨树的絮。我至今不知道怎么称这灰色的絮，只知道老家人叫它"毛拉絮"，流苏一样，挂了一树。或许，这就是杨树的花？我相信，这世间每株植物都有各自的花，也自以为是地就认定这褐色的流苏就是杨树的花。那树长在城墙脚下，快有城墙高了。花很多，淡淡的落，这种花和这样的树一样，都那么朴素，连它的落也是无声无息。你永远不知道它什么时候挂上枝头，就如你永远不知道它们什么时候已经会弯弯曲曲铺了一地。

　　像小时那样，我蹲下去拾捡，一会儿手里就攥了一大把。你看着我，也弯下了腰。故乡多这样的树，平常到处都是。我们边捡，我边给你讲我小时候怎么用杨树做笛子吹，怎么把黄色的胶粘了满手，你安静地听着，一言不发。走时，意识到无法安置这么多花，只好放下。你淘气的眉目间，忽然有种很乖的怜惜，放手的样子很轻很轻，轻得让我的心微微动了一下。孩子，若你以后慢慢懂得珍惜这些卑微的美，你就一定更懂得在生活里寻找到许多细小的安慰和乐趣。

　　再走。我还看那些不说话的城墙，出神地看，以致听不见你对我说了什么，直到你摇我的手。我总是一个心不在焉的母亲，就像我在生活中的心不在焉一样。有时如此矛盾，我多希望你不要成为我的样子，因为它会导致你越来越把从世界的路，移向内心，而这又是多么容易受到讥讽和嘲笑的生活，它使你有一天身边满是人，却不知道对谁说话。但我又确信我的生活自有其让我不舍的乐趣。我总有办法让自己开心起来，所以一辈子走了几乎一半的路，我依然痴迷不悔。我总坚持要自己受那些最好事物的影响，从不肯看那些浪费时光的书，甚至还认为平凡若我者也必有着什么担负，虽然时至今日，我依然什么都没干，你老爸说我心比天高，我也自知自己不过是一个平凡到家的人，但竟不愿改变。那是因为此生真读到了太多的大美。而如果你知道什么叫大美，即使你不能成此大美，你也愿意终生被它的光辉照耀着。所以，我尽管是一个如此懒散的人，却也愿意多陪你走城墙根儿这段路，看蚂蚁一样的人群来来去去熙熙攘攘，看永恒的城墙庄严无言又摄人心魂。

　　路过那些拴马桩，再走木桥。松木桥因为陈年雨水的浸泡，发着幽绿的光。这木桥，有时是我们陪奶奶走，有时是和你老爸。每次走，大家的脚步都很安恬。护城河下积着乱七八糟的垃圾，但我总愿意和你说那些钓鱼的人，和那些水草下冒着气泡的鱼。我要你一直怀着这样的心情能看见美和好，看见人生永不失希望的一面。

然后，还在那山顶，你玩，我翻翻书。最后，坐车回家。

这样平凡而宁静的日子，以后你长大了，还会记得吗？

生命将会有很多日子是那样毫无感觉的重复啊，如同你仰望着夜空，长长久久的，等着一瞬的灿烂。而等待那种闪电一样划过星空的光芒，是多么难耐，而光芒的出现又是何其短暂啊！一辈子能让你心灵感受到震动的话语，到老恐怕也不过寥寥数句。所以，懒散的我，一次次愿意陪你这样走过这个公园，就是希望有些东西能够被你感受到，渗透到记忆里。我知道，跟很多母亲相比，我和你说的话很少，我不够仔细，不够耐心，我给你的时间十分有限，我为此无比愧疚。但我觉得，我还是可以把一些更有意义的东西给你，那就是，学会爱那些不起眼的美和好，认真陶醉在自己所倾慕的事情中去，这绝对比让生活里那些庸俗的事物无谓的追逐浪费掉你的生命好多了。可能，作为母亲，我至今不知道什么叫弯路，也不知道怎样让你此生少走弯路，尽管我一直在走着弯路，甚至现在还在继续，就是为了得到和明白一些在别人眼中毫无价值的问题答案，可我依然认为，这些才是至真至美的。我不知道什么叫害怕，因为我斟满的杯中，没有邪恶，只有真理。

真的，孩子。学会把这些好的东西装满你的心底吧，你就不屑把任何小美往篮子放，更别说任何坏的东西了。

不知道什么时候你会长大读懂这些话，可跟我来吧，如同我们永远在走着这样的石径小路，我们一起来读散落在路上的那些话。这样的话语，很有意思；这样的路，也很有意义。

一身诗意千寻瀑

　　记忆的梗上，谁不曾有两三朵娉婷的花，无名的舒展？但他一生回忆的梗上，只开过一朵，那就是——林徽因。

　　这样的爱情在今天看起来，实在像情感世界里的海市蜃楼。

　　他——金岳霖，是中国逻辑学的开山鼻祖，著有《逻辑》一书，西南联大殷海光说与别人，认为该书增一字多，减一字少。说完将书往桌上一扔："你听，真是掷地做金石声。"从小西化的生活，让他从来都是西装革履，风流倜傥，连丰神俊秀的梁思成都自愧不如。可是，他却喜欢上了已为人妻人母的林徽因。

　　实在不能不感叹林徽因的绝代风华。她真是那种美貌与才华兼具的女子。两个名字叫起来让山河作响的男子梁思成和徐志摩，都把她深深镶进自己的生命。其中，徐志摩坦言，认识她之后才懂得作诗。而金岳霖是通过徐志摩认识林徽因的，他目睹了朋友在恋爱上的惨败，可他最后还能用尽一生来爱林徽因，这不能不说是林非凡的人格魅力在起作用。

　　我一直纳闷，他们留下足够多的文字，林徽因本人也快人快语，可对于徐志摩和梁思成，她没有说过一句明确的爱。这使得过了多少年对此怀有好奇心的人，也只有猜的份。她唯一说过关于爱的一次，是为了金岳霖。

我曾把这三个男人拿在心里揣摩：梁思成是最合适做丈夫的那种男人，他沉稳持重，含珠蕴秀。他的爱也许不会轰轰烈烈，却会安安稳稳。他的爱当属于绝对君子之爱。徐志摩是百年才出一个的天才诗人，他的爱就像他自己一样，是粘满火花随时准备涅槃的凤凰。但随时都有把你拉下去和他一起自焚的倾向。他一见喜欢的人，就可以老婆孩子都不要，马上离婚。把大家闺秀出身又接受过西方教育的林徽因吓得只好将此事交与父亲处理，由林长民亲自写信告知："阁下用情之烈，令人感怵，徽亦惶惑不知何以为答"，这绝对属于情种的爱，狂热而不深沉，全凭一时兴起。而金岳霖的爱，当可真正算作情痴一般伟大了。他爱得专一，自始至终都以最高的理智驾驭自己的感情，显出一种超凡脱俗的襟怀与品格。在取舍之间，他懂得成全。他的一生都在为梦想而坚持，无论世事如何变迁，他都在自己追逐的情感里沉醉，至死不悔。这种境界和修为，在那个大师云集的时代，能做到的人也是凤毛麟角了。

林徽因从来没想要伤害这个她认为会和自己过一辈子的梁思成，她自己亦对梁思成说，"你给我的生命之重，我将用一辈子来回报。"可在致胡适的一封信中她还是说道："我的教育是旧的，我变不出什么新的人来，我只要'对得起'人——爹娘、丈夫（一个爱我的人，待我极好的人）、儿子、家庭等，后来更要对得起另一个爱我的人，我自己有时的心，我的性情便弄得十分为难。"这非常真实的话，表达了她复杂的内心对金岳霖深切的感情。

写到这里，让我们不要责备，来为爱情赞叹一下，也悲哀一下。爱情在人的生命中，就像灵感之于脑海，夏露之于绿荫，转瞬即逝。我们实在不能说林徽因的一生就该只爱谁一个，这就像你要求一个人生命里划过一道彩虹,在她行走的天空中再不出现第二道彩虹一样不可思议。

甚至,我觉得梁思成和林徽因是最和谐的夫妇最完美的婚姻,可不一定是最完美的爱情。你想,一个人如果把另一个人爱到骨子里,她还会再爱上别人吗?即使有彩虹再次划过,于她记住的都是当初在她心里划过深深痕迹的那道彩虹。可是,林徽因之后为徐志摩写过《那一晚》,又喜欢过金岳霖。还是把婚姻和爱情不要乱拉的好,林徽因和梁思成的感情那就是婚姻,是合适过日子的一对子,她对徐志摩的心写在诗里,她对金岳霖的爱说给大家,而她对梁思成更像是一个她自己所说的旧式女子的责任,那里面有温暖,有和亲人一样让人感动的东西。但未必就和爱情沾边。

金岳霖大约也对林徽因和梁思成的感情有所怀疑。要不,以他的聪明绝顶,又有徐志摩的前车之鉴,他是断然不会冒冒失失让自己爱上这个女子的。

1932年6月,梁思成去了河北宝坻县考察古建筑,林徽因因为身体不适未去。此时,金岳霖便向林徽因流露出爱意。

相同的文化背景,共同对人格独立、精神自由的追求,使他们很快在音律相求中感到高山流水的和谐。梁思成考察归来后,林徽因便哭丧着脸对他说:"我苦恼极了,因为我同时爱上了两个人,不知怎么办才好。"

听到林徽因这番话后,梁思成半天说不出话来。

林徽因对梁思成毫不隐讳,坦诚得如同小妹求兄长指点迷津一般。梁思成自然矛盾痛苦至极,苦思一夜,比较了金岳霖优于自己的地方,他终于告诉妻子:你是自由的,如果你选择金岳霖,祝你们永远幸福。

林徽因于是原原本本把一切告诉了金岳霖。

金岳霖不忍看着林徽因在痛苦中抉择。他深知,爱不一定就是得到,放手,有时也是一种爱的方式。他的回答是:"看来思成是真正爱你的。

我不能去伤害一个真正爱你的人。我应该退出。"

在妻子说出这种话的时候，梁思成可以表现出这样的风度和宽容；而在千辛万苦等来的爱情面前，金岳霖却能表现出这样的洒脱大度。不是神仙般的人品，说不出这样的话来。那个时代的人做出的好多事，好像就是要给我们这些后来者做典范的，让我们只能望其项背之时，徒生高山仰止的敬佩和感叹。

此后，谁也没有再提这事。他们三人成了终身的好朋友，互相关怀，互相帮助。金岳霖甚至成了梁家的"高级顾问"。梁思成在工作上碰到问题时，就来找老金理一理。连林徽因跟其母亲吵架，或者跟梁思成有什么争执时，也常叫金岳霖"仲裁"。

作为哲学家的金岳霖忠诚实践着柏拉图的哲学观点——理性是人灵魂中最高贵的因素。他用他的理性，把他们因为情绪激动而搞糊涂了的问题分析得清清楚楚。他用他的理性，把他的感情压制得彻彻底底。他从此离不开梁家，说一离开就像丢了魂儿。可他却一直能保持着君子的距离，这些，是无数文人身上没有，但为无数个文人所推崇备至的最富有诗意的行为！

不知道是林徽因太优秀，还是出现在她身边的那群男人太好太出色？但那个时代云集在她身边的那群人，随便看看，都让人觉得璀璨地睁不开眼。金岳霖、沈从文、萧乾、李健吾、梁实秋、卞之琳……那些文坛名人、教坛大匠、社会名流总是每周六在三号胡同的林徽因家里聚会，这就是当时名极一时的太太客厅。聚会中，林徽因总是会议的中心和领袖人物，出入任何行业，她都可以侃侃而谈。而当她侃侃而谈时，爱慕者总是为她天马行空的思想所迸发出来的警句所倾倒。有一段时间，林徽因研究汉代，任何人一说话，她都马上可以把话题扯到那个遥远的时代，而自己则深思邈远若曹植笔下的洛神，飘飘然回不到现实。这时，金岳霖总叼着烟斗坐在一旁，一边欣赏着她横溢的才华睿智的思想，以及流露于外表的迷人神采，一边在烟雾中轻轻的笑。他幸福地感受着由欣赏带来的一切。也真正实践着他自己对学生那番爱的解释：

恋爱是恋爱者的精神和感情的升华。恋爱的对象，在一定程度上，是恋爱者的精神和感情的升华。而不是真正的客观存在。因此，只要恋爱者的精神情感是高尚的，纯洁的，他的恋爱就是幸福的。

他因此也给林徽因留下快乐的回忆，林的文字就可以看到：

"思成是个慢性子，愿意一次只做一件事情。最不善处理杂七杂八的家务。但杂七杂八的家务却像纽约中央车站任何时候都会到达的各线火车一样冲他驶来。我也许仍是站长，但他却是车站！我也许会被碾死，他却永远不会。老金（金岳霖）正在休假，他是这样的一种过客，他或是送客，或是来接客，对交通略有干扰，却总能使车站显得更有趣，使站长更高兴些。"

这样子的生活，简直里外都是君子般的坦荡！难怪后来有人总结，说他们代表了整整一代学贯中西，博古通今的学术精英！没有良好的教育完美的人格，又焉能如此！

林徽因生命中三个男人的感情故事后来大家都知道。徐志摩为林徽因离婚之后，见林徽因成了梁思成的未婚妻，马上转而追求陆小曼。梁思成在林徽因去世后，续弦娶了林洙。爱有很多种方式和理由，这里无意责怪谁，只不过我觉得金岳霖的故事听起来更加撼天动地。

金岳霖为林徽因终身未娶，他一辈子都站在离林徽因不远的地方，默默关注她的尘世沧桑，苦苦相随她的生命悲喜。林是个要强的女子，总希望自己内外兼顾，真正能进得厨房，下了厅堂。可她毕竟精力有限，自己也累得不堪重负。金岳霖对她可谓看到骨子里："她仍然是很忙，只是在这种闹哄哄的日子里更加忙了。实际上她真是没有什么时间可以浪费的,以致她有浪费掉她生命的危险。"言语中,怎样一种相知的惋惜和爱怜!

可他就这样把爱深埋心间,直到林徽因去世,感情才像孩子一样得到忘情的释放。

林徽因去世那年,建筑界正在批判"以梁思成为代表的唯美主义的复古主义建筑思想",林徽因自然脱不了干系。虽然林徽因头上还顶着北京市人大代表等几个头衔,但追悼会的规模和气氛都是很有节制,甚至带几分冷清。可金岳霖依然放声大哭,甚至,送去的挽联中仍有掩饰不住的炽热情感在飞泻——"一身诗意千寻瀑,万古人间四月天"。他后来回忆这件事还讲道:"追悼会是在贤良寺开的,我很悲哀,我的眼泪没有停过……"

梁思成、林徽因全部去世后,金岳霖继续拿那些孩子当自己的孩子一样看。梁子诚等梁家后辈一直和他住在一起,并且以"干爸"相待相称,并为金岳霖养老送终。

林徽因死后多年,一天,金岳霖先生忽然郑重其事邀请一些至交好友到北京饭店赴宴,众人大感不解。开席前他忽然宣布说:"请诸位来庆祝一下,因为今天是林徽因的生日!"言毕,顿令举座感叹唏嘘。

当他躺在病榻上,有人请他为《林徽因诗文集》写点东西。他回答:"我所有的话,都应该同她自己说,我没有机会同她自己说的话,我不愿意说,也不愿意有这种话。"

后来这些事情,林徽因如果知道,敏感若她者,将如何泪洒江天!金岳霖先生用一生一世的执着和至死不渝的痴情,让我们终于相信,这世上,有一种东西叫永远!

林徽因更不会知道,为她的爱情写上最浓墨重彩一笔的,不是徐志摩,不是梁思成,而是金岳霖。那一笔里饱含的精神和情深,是值得后来千百年的人们裱了边,捧着芯子,当作壁画般欣赏的一条诗意千寻瀑!

关于一粒原子的命运

它是一粒铁原子。关于它的诞生问题，好像无须讨论。因为科学发展到今天，可以研究它更深层次的构造，就是无法知道它的来源。这颇像整个世界，大家都愿意乐此不疲跳进红尘淘一淘，却无法跳出来看看，或许这一看让人难免悲观，不如索性沉溺。

它既是一粒原子，只要安于自己的命运也无可厚非了。奈何它就像王小波笔下那只特立独行的猪一样，性格中虽然不乏可爱美好的成分，其实也埋盖着众多悲剧因子。

既然科学解决不了它的来源问题，我们倒可以依仗想象。我们可以想象，它也和人类一样，有父母，有祖先。到祖先这里，我们可以想象是史前一场火山，地震，山崩造就了它的出现或存在，可这种想象对于整体可以解释，对于个体，却总显得贫乏不够精致，不足以让我们相信就是这样的过程造就它这样一个独特个体。

到这里，我想起曾看过这样一个纪录片。外国一个自然科学家因疾病生命快要走到终点之前，他老去一片大海边。他最后许下的遗愿是死后把他的骨灰撒在那片海里。他给儿子的话这样说，当我容身到那片海里，我的生命会随着海水蒸发。所以，你看到的白云里有我，森林里有我，甚至一条鱼，一片叶子中都有我。

那话语让我至今感动难忘。依仗于此我曾经想，那么我们自己呢，如果生命可以依此类推，我们的生命，是不是一棵树和一棵草一个可爱的动物某次意外的相遇，无意的结合？我们虽然依身于父母来到这个世界间，可我们的体内却贮藏满那棵树那个动物那棵草的成分。由于树不同，草不同，动物不同，所以，我们个体差异也不同。我甚至想，要是我们和一个人会成为爱人或朋友，喜欢或相爱，是不是因为，我们在某次生命结束时，那属于一棵树共同的成分腐化掉以后，同时贮存进两个人体内，所以，我们自己不知道，但那些曾经一体的成分是认识的，所以冥冥中，它会借一只叫作亲切或感觉的手把我们再拉到一起，使我们喜欢，纠缠，或者相爱，甚至折磨，愤恨？

所以关于这粒原子的推断，我愿意这样想象：它就在别人都是一株栎树一只豹子一瓣玫瑰花某个极小极小的我们人类甚至无法分出的细小微粒合成为一粒铁原子时，它却偏偏把那瓣玫瑰花微粒换成了满天星。所以，它体内就有了某种不同于别的铁原子的成分。

一瓣玫瑰中那个细微的微粒和一点满天星的微粒差多远？但它们的命运从此就差了很多。

或许是一次熔炉的冶炼，一次火山的挤压，反正从此以后，它和它们就成了一体，成了一块铁。那块铁被一阵泥石流冲到一个草跟前，这株草让那个碰巧运动到铁原子最外层的这粒原子看到了，它便念念不忘。它想，要是它这辈子就在一片青青的叶下待一阵子，也就心满意足死而无憾了。

它的心愿被其他铁原子知道了，它们开始耻笑它。一粒铁原子，和无数的铁原子合在一起就无坚不摧，可一旦离开呢，就是毁灭，是一粒可以被风吹走的微尘。所以，随时都有完蛋的危险。谁也不愿意像它那样铤而走险。这时，或许是一个科学家吧，他发现这块铁又黑又滑，心里暗想，这或许是天上掉下来的一枚陨石呢，他把它们带回实验室。这个铁块就被带到对它们来说富丽堂皇的地方，它们每个人你挤我，我挤你，睁大眼睛，喜悦地看着一切。

没多久它们就发现，它们快乐的命运结束了。那个科学家拿着它们，标本一样做实验。每天，它们不仅要忍受敲击的死亡，还要忍受各种化学溶液对它们腐蚀的疼痛。它们的生命每天接受着一种折磨和考验。在那里，无数的铁原子倒下来，当然，我们的主人公它没有倒下。我们可以认为，这出我们设想的戏剧还要它做个完美或者不幸的注脚，所以它的故事暂时完不了。或者，它比较善于做梦，它的成分不同，它过于游离。总之，无论如何，它暂时逃脱了命运的这种安排。

在这种跌跌撞撞的命运中停留了一阵子，它们终在科学家的一声叹息后，被扔到绿化树的旁边。从此，这本可以做一些用处的铁块终于百无一用了。

所有的铁原子都在为命运哭泣，单这粒原子非常高兴。它想，它曾经最大的梦想不就是在一片绿荫下了此一生吗？现在它的愿望不是快要实现了吗？它一个人费尽力气，放弃那些同类对它的吸引纠缠，一心想着那片绿荫，它走得跌撞艰难。

它独立不屈的性格终于使它完成了自己的心愿，可它很快发现，原来这里也不是净土。绿荫会落，会生生被剪掉，甚至它隐隐听得见它们来自夜晚时分那些悲伤的啜泣。它曾想要给那些绿叶一些安慰，可它一说话，它们就拿它当怪物。它一个人也因此活得悲伤而忧郁。终有一天，有个清洁工用锹铲了一些土，它被尘埃般卷入其中，跌入车轮下无底的黑暗。

它开始怀念那些最初的日子，那些原子，那块铁。可它再也回不去了。

有时它想，不离开，自然少那些经历，一辈子做铁原子的命运是那么乏味枯燥，简直没一点想象。可离开了，又有诸多未能料到的不如意。如果再给它一次机会，它还要做这样的选择吗？

　　遥远的永是向往，离开的不断怀念。

　　这就是一粒原子的命运。那粒原子走了，可无数的原子都在这样活动这样组合，原子的命运一直生生不息。那命运里，困惑永远在。上帝的公式，任谁也解不开。

温柔的夜

男人连晚饭都没吃，就到地里去了。

男人和女人吵架了。

吵架的原因很简单，男人去赌钱了。女人找见男人，输了钱的男人对女人大发脾气，于是回家又是一架。

男人没有打女人，他的拳头尽管已经举起来了，可又放了下去。他气愤地拿起镬头，在地里一阵乱挖。

庄稼越来越难种了，打在地里的粮食，除了够糊口外，其余的什么也干不成。两个孩子的学杂费，家里的过活都成问题。男人是干活的好把式，可是，土地这几年来越刨越穷。男人无奈时就会去赌赌钱，他觉得也许会侥幸换来一些生机。可赌钱赢少输多，真是人穷百事哀呀！

男人的镬头在地上依然愤怒地挖着，可还是不能平复他心中的怨气，他锄过的玉米地像受了伤一样，裂着各式各样的口子，湿湿的泥土被翻起来，好似殷红的血浆。

一天没休息，加上没吃午饭，男人觉得头有点晕。男人将镬头放在地头,就在镢头把上坐下了。结果他看见女儿提着一个绿瓷罐走来了。

两个馍、一点浆水菜、温温的苞谷稀饭。看见这些,男人的心就暖暖的。他风卷残云般将那些饭送到肚里,抹了一把嘴,又开始锄地了。

前几天刚下过一场雨,可八月初的天气,还是闷热腥黏,站在田间尚且都不舒服,更别说这样抡着大锄了。男人一会儿就开始挥汗如雨,但不知道为什么,吃完那碗苞谷稀饭的男人此刻力气很大,他一连来回锄了四垄玉米,都没歇一口气。

男人在地里挥着镢头,心里却想着早上和女人吵架时女人说的话。女人说得对,这些年女人跟了自己,就没过几天好日子。姑且不说没坐过车,就是好吃的、好衣服也没有过,女人进门后,就一直跟着自己受苦。男人打心眼疼自己的女人,可是,他又能咋样呢,也许他唯一可以做的就是,多干些活,让女人不要在田间地头晒着。女人年轻时,是邻近村里出了名的美人,可是如今呢,你再也看不见一点昔日的痕迹,只能从女人的五官上感叹美人迟暮。女人过明年就四十岁了,可是头顶的头发和自己一样,全都白了。脸上额上的皱纹像被犁揭过一样,原本苗条的身材,瘦成了一把柴。女人嘲笑自己,脸都窄成布条了。和女人一起长大的那些女孩,有些留在城里,前一段时间回来了,那张脸好像没有留下太多岁月的痕迹。女人就像是花,要开在农村,总会因为营养和肥料的缘故,花期变得很短很短,急驰而过让人都来不及感叹。

男人在地里边锄地边想着,不知道想了多久,锄了多久,连起了满地的月光都没发现。一回头,乘着如水的月色,男人看见地那头有个熟悉的身影,正在把他锄过的草捡起来,往大路上抱。月亮的光辉洒过来,让女人的样子变得瘦小朦胧。男人原本想走过去认个错,可那腿竟不听话,走不动。嘴巴嗫嚅了几下也没说出什么,于是他转过了身,又开始挥动大锄,低头干活。

男人把一亩半的地锄完了。他收了锄头,向架子车跟前走。女人也过来了，两个人的手几乎是同时伸向车把。女人的手缩了回去，男人嘿嘿地笑了一下，拉起架子车。两个人都没说话，低头往回走。

  女人在后面跟着，走在前面的男人心里安静而踏实。他甚至觉得，月色仿佛从来没有今夜这样美，泻在树上、玉米叶子上，都像玉雕了一般格外动人。走着走着，男人想起女人下午时的话，他停下了车子。

  "咋不走了？"女人淡淡的话里还带着一股怨气。

  "现在没人，你坐到车上去。"

  "你发病哩"，女人嗔骂。

  "你不是说你没坐过车么，我没小车，就让我用这车拉你一次"。

  "神经！"女人边骂边往前走着。

  "啊"女人的惊叫声还没定，就被男人抱上了车。

  起风了，月亮被一层薄云遮住了，淡淡的样子害羞而温柔。

  片刻后车子开始咯吱咯吱地响，车上的女人像一朵秋后的荷叶，在月色下风致而轻盈地摇曳着。那车子的响声在夜空中弥漫开来，流淌着一些朴素而幸福的东西，像传说。

秋天的河

　　美是强大的。使人低头臣服，甚至，情愿把死亡称为消融。
　　而现在，美在窗外流成一条河了。
　　这秋天的河，在蓝天底子上托衬着，被阳光轻轻吹嘘搅拌，又有微风柔软的眼神脉脉相送，美得使万物都纷纷掏出自己的果实，抖落出全部颜料，甘心被其汩汩的漩涡冲走。
　　而我也被美搅动得想变成一根修长的水草，顺着她的清波荡漾。并期望等她的美流泻时，也把我连根卷走，哪怕把我变成她的一根头发。最后，我却发现自己成了一根温度计，一根能使我感知她美丽的温度计，被心愿的手，放入她散发着香气的腋下。
　　坐在故乡的河边，望着河边芦苇无声起舞时，我总会猜想河流的秘密。常觉得大海就像大地的动脉血管，而河流则像大地的静脉血管，大海咆哮着，时刻都不安宁，而河流则是安静的，自己消化着悲欢离合。
　　那么，这条秋天的河呢？它是在谁美丽的躯体里，走过那细嫩的指尖，再缠绕过修长的手腕，这样静静淌过？

从前，以为四季都是种子，会像植物一样，吸收着泥土里的营养，从枝丫间升起，在叶间打开季节的花。现在，才知道季节原来是天上掉下的。秋就是从天庭中掉出来的一条天河。因此，才叫万物如此匍匐在她巨大的美前。

在秋天的河里，我看见都是顺水漂流，都是给予奉献。女人慷慨着自己的美丽，孩子慷慨着自己的喜悦，男人慷慨着自己的大脑，连所有植物，有果实的慷慨着自己的玛瑙，没果实的慷慨着自己的颜料，大家都是捧起给予，仿佛在秋天的美丽下全都缴械投降。人说，你冲走我的年华吧；植物说，你带走我的青春吧。秋天，于是就成了更深沉的河，每一步都深情款款，每一步都美丽到极端，不肯辜负每一个饱怀爱意的心愿。秋天，是菩萨吗？像我们望不见的菩萨来跟我们分享活着，使我们都不由得在她看不见的美丽前肃然起敬，心甘情愿。

那些被美养育过的人，把自己奉献给了美。那些被爱养育过的人，也把自己化为了爱。而秋天的河，一遍一遍，就这样静静流过。

秋澈

　　睡眠像个客栈，她背负着行李一天比一天投奔得早。总在暮色初降时，她就快速在这世上把自己结算清楚，一股脑钻进睡眠世界。睡眠的客栈是没有邻居的，而且无限大。她的梦在其中颠簸，凶险无比。于是每个早晨就成了她另一种涉渡口岸。有时，早晨到来，夜的月光正落了一地，有时黎明微光恰将到来，而有时，则明明是夜很深，睡眠无法靠岸，可人却醒了——工地上的吊车声、马路上的行车声压着她的神经，隐约还有几声犬吠，那样远还带着丝丝恨，不知是要把恨投给路过的行者，还是想要咬断它脖子上的缰绳，但她却醒了。

　　尽管早晨来得参差不齐，她还是知道，自己昏睡了有多久。很久一段时间，心不再像一个泉眼，可以汩汩地源源不断地冒出一些可爱的句子、有趣的文字。很长一段时间，她感到那口泉干涸了一般，脑海里没任何感觉划过。于是沉于生活。白日，在单位划去一半时光；夜晚，在睡眠里划去一半时光。她也挣扎过。在中午那唯一的休息时间中，关上办公室门一个人看看书，累了，就趴在桌子上闭一会儿眼睛——不肯去宿舍，深恐一去宿舍又睡得天昏地暗。晚饭后是准备再读会儿书休息的，可头一碰枕头，思维就不情愿掉过头，要远离这个世界而去了。

对这状态不满，她几次脱口说自己活得像猪。有人笑：能活成猪那么简单，也是多少人羡慕的幸福。她信。如果心甘情愿活成这样，大概会从内心觉得幸福。但她到底是人，失去人的思维和觉知，她不会觉出幸福。这种猪一样的生活状态于她，恰是心灵被堵塞的状态。而她，只有感到心灵像水晶一样透亮，可以捕捉并反射出所有穿过她的美丽时，才是幸福的。或者感到心是一口泉眼，清澈深邃，不知道那些思维和想法、词句和篇章因何而来时，她充满崇敬与信任，也充满感激与觉知，她才是深深幸福的。

但这感觉都失去了。

失去感觉的心，就像一块废角料，被扔在世界角落里。有几次她在夜色中睁开眼睛，感到无边夜色就像一口深潭，大得怕人，也深不见底。而她就像一只青蛙，怎么都游不到尽头的黑色青蛙。

每次在黎明缝隙间，在黑夜和白天的连接线呈现时，才有些苏醒。又是干干净净、一字未涂的一天，又是神灵洗礼后的宁静天空、无边山峦。她得要自己尽量对得起——其实想想，她每天都尽量这样在做的，只是到了反省时，总觉得空落落的。那些感觉的鸟儿衔着那些发光的句子，好像再没飞回来。

他说她贪婪。也许，在某些时候，她是贪婪了一些。但人总有所痴的地方吧，很多时候，她也放弃过许多。

在六点下了楼。路过那条林荫路时，她获得瞬间的宁静。两边的树丫长上去，只露出头顶窄窄的天。东边太阳在身后已见曙光，头顶那半轮冰月还挂着，目光透亮而隐忍。初秋的凉这么让人清醒舒适，前面的秋千在这会儿空落落地被风吹着，没有被谁再荡起。石板在草丛间探出的路，正等着谁的脚踩过去。她取出包里一本红皮的《小团圆》，伸出的脚，没再犹豫。

春望

  纱帘的底子在变幻。先是暗青,接着微白,后来有层淡淡的蓝。又是一天。春天的一天。序幕已经拉开,等待人类上演。她眯会儿眼睛,睁开,又眯上。她是一个懒演员,可也不想辜负这么好的舞台背景。

  于是拉开窗户把头探出去,外面丝丝凉意。东边曙光将出,几抹质地细腻的早霞好看得使人想把脸贴上去。原野还在沉睡,城市还没有开始它的欲望和喧嚣,人们用野心建造的丰功伟绩和宏伟蓝图也在沉睡,光秃秃的树林倒显出它的温柔。树木花草心绪一样的东西,可以平衡高楼大厦的坚硬。树木间此时还听得见鸟儿的叫声,而黎明仿佛是它们用嘴巴啄开的。泰戈尔说得更妙:"鸟鸣,是曙光返回大地的回声。"泰戈尔的文字使人读着都觉得幸福。他简直天天活在神灵的疼爱里,否则,一个人怎么可以在所有文字里都有那样宁静的心、那么细腻的触须和充满爱意的光芒呢?

  回身躺到床上,家人睡意正酣,她却再睡不着了。春天到来的所有早晨,她都醒得特别早。过年那种饱食终日无所事事的时光终于过去了,她又迫不及待想回到自己的宁静里。她要读书，要不辜负一寸寸光阴，要以她认为好的方式存在着。她要听书里那些人的话，有很多人都在前面等着，寻找着像她那样的耳朵，等着对她说话。她要去看看死去的他们留在这个世界上的箴言。那些用心活着的人，被世界遗弃，又在另一个世界被人捧起。如果找见一句对的话，她就像找到了一盏灯，感觉身心通透，全世界都豁然开朗。而没有那句话，她会长久黯然。世界日复一日给心灵堆满灰尘，她只有通过这样的寻找才能上路。这不是她的矫情和逃避，这是她不孤独的唯一办法。因为她活在这个世界上，总有些落寞。她和身边太多人都无话可说，即使他们再亲近，她的心却总在遥远的地方游荡。而只有在书里，这个问题才能得到解决。那时她将感到那些和自己心灵很近的人，她将为此幸福自信，并在怜爱中原谅了那些身在泥潭却浑然不觉还处处要给自己指正的人。

书房的水仙开了，米黄色的花开在蓝色的盆子里。那是她买来准备做鱼盘的，他说釉彩太重，适合种花。花是婆婆种的。婆婆喜欢在屋子里养满花。她喜欢享受但不养，没时间打理它们。她现在越来越觉得每天可以干的事太少。人年轻时，总以为将来能做很多事。越成长越知道，人这一生做不了多少事。必须删繁就简，才能多做那些最喜欢的事。她有好多心愿等待完成。她应该去学开车，期望去学钢琴、声乐。还想游泳，还想登山。甚至，还想赚钱。因为好多愿望都需要金钱做基础。但她知道她干不了那么多，她只能每天应付这份工作，在保持健康的基础上，看看书打打字。偶然地，挖挖荠菜，去采摘春天的樱桃、初夏的杏河岭上的茵陈。就这样简单还总不能够达到期望，就这样简单还不留神就错过四季的甘甜。她心里，总有一缕怅然与遗憾。

嗅着水仙的清香，她在新买的本子上写字。日记本漂亮极了，她也因此心情奇好。在这样的本子上写字，就像在最奢华的红地毯上走路，觉得身体轻盈，脚也特别漂亮。原来，那种想把字写好看，让一个漂亮本子不寂寞的愿望，都可以使人变成天使。她再次认可了自己的感知：绝对完全的美是无法达到的，但任何一点走向美的心愿，都使人的心境拥有了美。

屋子里飘荡着蔡琴的《渡口》。蔡琴的声音深厚低沉，适合给安静的心做伴音。屋子里开始有他的脚步声了，水的声音。后来，他叫她下楼。

楼下，春天在门外等着。春天在枝条里走。春天在池塘里往外冒。春天在每颗心里跃动，等着突然跳出。春天以一种涌动的气息将她洗劫了。她站着，仰头傻傻望天。天蓝得没有一缕杂思。这干净的蓝天啊，仿佛把她变成了一条小鱼！

一条鱼怎么能不爱那蔚蓝色的海岸线呢？

而她此刻，就在这深深的海里。

第三辑　雨是另一种阳光

春藏

　　什么东西都不能过于夸奖。夸奖多了，人原本要赞美的东西就不知跑哪去了。比如这天气，巴望着它日日金黄，结果它却大起大伏忽悲忽喜，宛如一个恋爱中的女子。比如这心情，希望它永远蔚蓝，可刚觉不错，脖子就突然疼得两天不能动，预先望见的快乐就成了泡影。

　　最初是每天早晨不知道穿什么衣服出门。穿少了早晨很冷，穿多了中午又热。但那种早晨也有那种早晨的好，因为能看日出。远山安宁，云层寂静，太阳每天就像国旗一样升起。那种重生之意，使人感动。而她，也只有站在这面全人类的国旗面前，才会内心感到肃穆庄严和震撼。但那种早晨，最近终于被阴雨取代了。春天的雨像邀请的手在召唤，天空中空无一物，但一低头却能看见枯草间绿意冒出一层。春在野外弥漫，春在野外萌动。但她却因雨被禁，去不了田野看望它，心里隐隐有些失意。

　　在屋里转来转去，决定去做的还是她自己那点事。生活空间越发小了。现实中很多交往能免则免，因为对人的需要越来越少。以前她觉得朋友可以提供出口，供自己在无奈时依靠，郁闷时倾诉。现在却觉得人成熟的一个表现就是对这一需求的减少。三十年之前她总对别人说话，三十年之后她开始学会对自己说话。一个人自言自语，跟心里的人说话。那个人可以是惦记着的朋友，可以是另一个自己，也许常常最像上帝。其实，还是有话可说的，但很多话已经说不出口，很多话在心里起伏翻卷，说出来就像泄了真气，平淡得已没多大意义。不是所有的话都可用语言来表达，不是所有的话都是为了说。她于是对自己认为重要珍贵的话反倒不说。渐渐地，竟发现那不能言说的话语，都变成了滋养心灵的养分，她才信了《小王子》中的那句话：沙漠之所以美丽，是因为在它的深处有一口井。她才相信很多不可见之物，恰恰为可见之物提供了支撑与营养。于是，越发安之若素。

和他一起去吃早饭。他破天荒吃了一个馒头一碗稀饭，还有两个鸡蛋，她心里觉得特别快乐。甚至期盼他明天早晨可以吃四个鸡蛋，后天早晨吃六个鸡蛋，早点变胖，这样她就会更高兴。回去后她把这感觉记在电脑里，完毕又失笑了。她的高兴原来这么小啊，但她安于这些简单的小事。因为，人和生活的关系往往是来自人和自己的关系。人和内心的关系处理好了，外物的干扰就很容易忽略不计，而且自己也极容易快乐。她想宇宙苍穹起没之大事，过小女子细小琐碎之日子，说明她活得脚踏实地，这有什么不好？

可刚觉得好的当天晚上，两人又怄气了。一生气，她穿得邋里邋遢就出了门，到单位也不想说话，直到中午时分他有事过来，叫她一起吃饭。她于人群中望见他，又忍不住笑了。他身上围绕的都是她的气息，她看着他熟悉又亲切，仿佛另一个自己。

她于是对他说："我突然发现，你和我越长越像了！我看见你，就像看见我自己！"

"是吗？"他盯着她轻蔑扫视一下，"你是在赞美你自己？可你想赞美自己，也用不着贬低我吧？你说我这么帅的人，怎么可能跟你长得像？你看看自己，可能是你嫌自己难看，太想长得跟我一样好看吧？"

他说完，她连捶他的力气都没有了，两人一起仰天长笑。

那时，四周都是春天，太阳像天竺葵一样盛开，有美女白衣飘飘闪过眼前，宛如一味空气清新剂。

春去春又回

夜晚被折叠成两半。折痕在凌晨四点。仿佛一个完整的睡眠需要两瓣翅膀，才够把疲倦的黑夜飞完。

但没有怨艾。因为每天一苏醒，阳光下满兜满篓的春就会滑进眼睛。玉兰像烛台一样搁置在大地的桌上，昨天还没被点燃，今天灯盏里就漾起了烛光。柳树是什么时候绿的，还有这些草？有一天在雨地里走，想，它们大概是被天使揪着耳朵——不，摸着耳朵唤醒的。

杨树上的鸟巢全空了。一闻见树里新芽初生的香气，所有的鸟儿都按捺不住，倾巢而出。所以，无论醒来多早，我的黎明从没比一只鸟儿的黎明来得更早。就像春天，我们的春天总比植物的春天晚到。总要看见春芽在枝头喧闹，人们才相信，春天的航班已经抵达。

春在生命里行过三十多年，却从未把春看倦过。哪一回看它，都像一个新生儿，带着重生的召唤。春仿佛是个心灵加油站，在借助万物呼唤一个人的向上。一根枝条从泛青到探头发芽，再从叶子一天比一天长高，在这条植物行进的道路上，一个人也往往能够找到成长的勇气和鼓励。

一层一层的绿,每天都随着黎明,海浪一样打进空气。春海将越来越深,绿意逐渐把荒秃的城市淹没。这种生命之水,让人充满想要好好在其间遨游的愿望。花海,绿海,植物之海,每到春天,你都不由自主想要穿得漂亮点再漂亮点,好使自己在大自然面前不过于逊色。尽管如此,一个人还是无法翠绿到植物那种程度,不可能像点缀春天的一株草或花那般鲜妍。但心却充满着听到季节召唤的欢喜与不安。绝不能在屋内待着,即不能成为绿,却可以靠近膜拜那份绿,甚至太爱了,就糟蹋一把那么好的绿——去踏青。想到这个"踏"字,心就忍不住快乐。人啊,多大的人,心里都会是一个长不大、永不会老去的孩子。

　　三月的荠菜会爬满故乡的原野。儿时曾提着篮子为此不知疲倦,这些年依然喜欢。仿佛美好的事物如何重复都不会厌倦。再没有比用春天的荠菜包饺子,更让一个人接近春天了。那仿佛是把翠绿的春天连枝带叶吃进肚子。四月的河道会爬满茵陈。毛茸茸的眼睛依着陈年的枝干秀气地睁开,以至于采摘时,我老有几丝罪恶感。槐花会爬满枝头,像树心向世界下了一场春雪。"夜雨剪春韭"的韭菜将带着被阳光晒得黑红的脸,健康地爬满母亲家门口的菜地。接着,那一碰就满手生香的香椿可以进厨房了。用滚烫的水过一下,再沥干切碎放进白盘子,一点油盐味精,一棵树的先头部队就被人类的肠胃给享用了。草莓红了,虽然那草莓没法吃,却给人带来了对儿时的怀念。接着,樱桃就熟了。玛瑙一样迷人的樱桃,黄红不一,好看到让人的视觉发眩。太美的东西,老让人感到不真实。浓密的阔叶跟海一样慢慢覆盖春天,那时夏天来了,麦子便快黄了。麦子黄时梅杏就开始让人惦念。梅杏比杏花都好看,在园子里吃不了多少,我却爱看那熟透的杏,因越品自心越觉得甘甜,一不留神从枝头跌坐在地上。桃子要红了,慢慢地鱼儿就会越来越好钓。人也变得更加不爱在城里待,每周都想回家,因为大自然的诱惑实在太多。渐渐快到秋天,母亲院子的葡萄挂了满架,早晨起来第一件事就是搬个凳子，吃不吃都要摘几粒圆绿过过手感。似乎只是摸它，都把心眼摸亮了。叶子要黄了，山上的景色格外好看。一旦霜降，就可以去人家田地里摘苹果。那寒冬还长在树上的苹果，咬一口果汁就顺着手淌下来，总让人想起童年时老家那万亩果园。要是那片园子还在，也快开花了吧。怎么都忘不了有一个春天的夜晚，月亮分外地明，照在北岸那粉白的苹果花园上，将原本非常漆黑的乡村照得跟白天一样亮。那时我就睡不着，要去看那白色的花海。当然是被母亲挡住了。于是一个人就爬上二层楼顶，搬个凳子对着那片不真实的景象唱歌。至今我都能从记忆的窗口，窥见那个孩子被美震撼了后那种激动的心情。

春天带回的不仅是此刻的良辰美景，还有那么多伴随着春天一起复苏的往昔。站在春天这头张望，仿佛望见了站在未来的过去，站在生之上的死。春天，似乎不光是眼睛充满了对美的期待和回忆，连胃也张开口，充满各种味蕾上的刺青与期待。

大自然的季节就是一茬一茬庄稼。要生命用身心，一遍一遍去收割。

刚立春那会儿，有一天下楼，见花坛旁一个小孩被奶奶领着，短得跟草一样可爱，又见路旁那草，嫩得跟孩子一样，从枯黄中往出走，便觉得生从死上走来，而死仅仅是生命自身的一种净化。死是不存在的，唯生永恒。因为有什么死了，到底什么会真死？去看看大自然，四季哪一年不在生茂凋死，然后又一次在冰天雪地的封存之后，迎来生的重复？生命作为自然的一部分，完全与其类似。我不信什么能死。我信就像造物主的爱把植物这么唤醒一样，人的爱也会把一切生机从残酷与战争中唤醒。我信沉默的暗处柔弱的力量带着不可摧垮的信念，永恒地支撑着大地与生灵。

永胜的永远是生，是眼前这饱含生机的春意。因为哪一颗心可以坚硬到不为这样的春回所悸动？

跳进春海吧，在每个清醒的早晨，沐浴到满身的草香花香再回来。

赐我甘露

苍白的冬天横在窗外，远望起来像掉毛的灰毛狗。雪没有来，叶子也落光了，光秃秃的世界毫无诗意可言。每年白露之后就会活得格外珍惜，想和大自然告别，怕漫山遍野的残红草木望寒而凋，每天清晨下楼，观察植物比看人都要细心。等到颜色褪尽，目光就耷拉下来。冬天难熬的岂止是寒冷和叶落，还有总也新鲜不起来的心情。没有着落时就开始盼雪，想那恩赐会是这干枯季节唯一的植物。今年两场雪都小，悄悄来又悄悄去了，几乎没有觉察到雪来的浓密与狂热。当然，第一次是病，第二次是忙。等记得去看时，雪已经杳无芳迹了。

枯燥时她不禁想，节气这个东西难道只和外在有关吗？那分明也是心灵的时令啊。听见"惊蛰"这个词时，仿佛不是动物从冬眠里醒来，眨巴眼睛爬起来准备觅食，人的体内有些东西也复活了，蠢蠢欲动着开始期盼走向原野。还有立春，名字里就暗含着对昏睡心灵的召唤。等到春分时，她每天都跟花痴一样望着新芽，充满了要和它一起生长的快乐。雨水就更不用说，当千丝万缕细雨飘洒着落进泥土时，她无数次伸出手来欢呼，觉得它滋润的，分明还有人的心田。

　　但现在是冬天，必须要挨过去的时光。植物发酵等待的苦闷，最后都化成了生长的积蓄与热情。她却没发酵好，三天两头打喷嚏。空气太干燥了。第一次感冒，她跟自己说，感冒不是病，感冒在调动人体的免疫力，一年感冒两次对人是有好处的。初入冬天，她还带着能享受的心情。第二次感冒一来，就没有这份安恬的心境了。又被不舒服抓住，难道自己就真是一只蔫蔫的兔子，不小心又被逮着了？

　　隔了几天，她决定不宅在家了。让一点小恙拖进呆滞的心情中，是种失败。她决定去图书馆找些书看。正好蕴如也在那里，她一直嚷嚷着要她来听自己新写的剧本。

　　每次在图书馆她都会去馆藏一区就座，那里有这辈子都读不完的名著。可这次她一来，就把蕴如拉到了馆藏三区。

　　蕴如诧异，你改变方向了？

　　也许吧，她想，写作的核心是什么呢，仅仅是故事抒情造就的文字游戏吗？不，该是思想。当一个人的价值体系都建立不起来，时时受到拷问与威胁，失去如何去看这世界的支点时，重复单调的汉字繁衍又有什么意义？

　　我想找些东西先帮助自己，读书首先应该能打破头脑里困着自己的枷锁。自己没有问题了，其他的是不是就相对容易？

　　先去心理学书架找了一些书，然后到宗教类，刚过去就看见德兰修女和特蕾莎修女的书，她抱了满怀，坐在蕴如旁边，一翻就惊叹起来：

　　原来德兰修女就是特蕾莎修女啊，我才知道！

　　蕴如笑着没说话，她似乎也并不清楚。

　　想起了几本书，又去电脑上查询。短短几步路，走着心情奇好。来图书馆时心情往往杂乱麻木，但坐一会儿，安静地读几页书，马上就感到心被水洗了。她走向原野和大自然时会觉得自己活了，走进图书馆也有同样的感觉。有时哪怕静静坐会儿，坐在窗口望着天井上的云出神，她就开始希望手头有笔记本了。因为脑海里有东西在跳跃，开始等待捕捉。

图书馆里有一种气场。这种气场是读书人会聚在一起形成的。这里每个人安静的外在都仿佛闪烁着干净的内在，说话总浅浅一笑，礼貌点头互相谦让，完全不同于出了这道门之后，城市给人的浮躁喧闹。因为大家都读书，潜藏在其下一颗颗虔诚的心，像有一种无形的拉力，把人原本有点涣散抛锚的心很快就拉进队伍——在这里看书，要比在家仔细认真几百倍。图书馆的气场还来自那一架架书。那不说话的书，有五分之三甚至是垃圾，只有五分之二可读或者称得上精品，但那一架架、一层层、一本本密密匝匝的书，聚在一起，还是用语言形成了一股巨大的能量场。虽然每本书所开的门方位完全不同，可这无数扇门还是打开了宇宙间的巨大奥秘，使她一站在其中，就有一种开阔感，再也不怕堵了。这里有门，门里有人讲外面没人会讲的心语。多好啊，虽然走道狭小窄长，行走在其中，她却觉出了一种极大的空旷，那是目光、远见、智慧和胸怀铺就出来的一种精神的辽阔。

在这样的气场里，她被迅速同化了。鼻子不通气，头还有些疼，笑容却像花洒。因为没了问题，所有问题在一种极深的宁静中全消失了。她澄明得可以看清自己，也看清世界。

就这样坐到傍晚，那人打电话来提醒回家，她才合上小笔记本，抱着选出的几本书出门。

玻璃外依然是万丈红尘，玻璃内的心却静极了。夜的亲近，就像幼童黑长的睫毛在脸颊上挨着，清晰且纯净。广播说明天有中雪，她的心突然又鲜活几分，微笑掩盖不住地往外爬。远远地，精灵已经飞来，很快地，这世界就会明眸善睐了。

雨是另一种阳光

看天气预报说，最近有雨，肩膀都仿佛轻松了。明天或后天，雨就会来，花草将不再恹恹，皮肤润润的，眼睛都会水水的，心呢，心好像浇过的田地，不是承受而是享受，这多么好啊。她又想，我是一株植物吗，比夏天的草木还期待雨水。可雨水不仅是在灌溉着草木，更主要是在灌溉心灵啊。

今年气候一直有些紊乱。春天不像春天，夏天也没个夏天样。六月初，裙子上身还会凉。望着湿润的天地她忍不住感叹：关中也应该别种麦子，改种稻子了，你看这雨下得三天两头的。他撇嘴：笨死了，稻子需要空气湿润吗？东北种稻子，南方也种，主要是地上有水。她不理，她的理都是自己想出来的。那时，只是一心期待，如果整个夏天都是太阳偶然露个脸，就这样凉爽地过去，该多好啊。

忽然地，太阳就发威了。每天走在白花花的太阳中，眼睛都怯光。怎么那么强烈的热量，受不了的光芒啊，这太阳也怎热情的。屋子里的空调开着，不舒服；关了，也不舒服。折腾来折腾去，寒热交替，人就病了。开着空调盖着被子,冷风还往骨头里钻。关掉开着窗,皮肤下是翻滚的火,但皮肤上风一过,却冻得要拉条毛巾被。一身一身虚汗,脑袋重得无处可放。熬啊熬,刚觉得好点,雨就要来了。真好,真好。

说完"真好"第二天,小雨就飘过一阵。都不知是什么时候下的,仿佛女孩给皮肤上拍了点爽肤水,一下子就没了。但天地间却分明有了凉意。一向不爱下楼的她望着有些绿光闪烁的树木,对他说,去南湖吧,我们去南湖转转。车过路口一点点,雨就打湿了挡风玻璃。她把两只手都伸向窗外,高兴地喊。直到他说,雨全进来了,才关了窗。玻璃上,水滴跟小鼓点一样,敲击着跳跃着,她的心,也开始跟雨滴一样迸溅。车内的音乐声放得老大,她望着雨点,觉得它们像一些星星,只为自己的心灵闪烁。于是一个人边唱边摇摆,仿佛满心的喜悦都无处存放。那时,身边的他也是很快乐的。虽然嘴上嘀咕着打击的话,脸却放射着幸福的光。

夜晚的南湖飘了一些雨,在夜色中显得更加空蒙迷离。两人沿着湖走,他总看旁边摊贩在摆卖什么小玩意,而她的眼睛则不离湖面。湖心小岛上,有归巢但没睡的鹅,羽毛雪白,望着湖边的人,样子显得无辜而没有心机。湖面上,灯光闪烁的楼倒影进去,仿佛开在另一个空间的一尊尊钟乳石。风把小雨点吹开,发着微微的光,像千条万条的鱼在做健美操。草融融的,树影斑驳,小径交错,她在其中走得都快不知道自己是谁,却一抬头看见空中一个很大的天灯,摇摇晃晃飘过来,上面写着"大明宫开园了"。

黑夜中这句话仿佛从皇宫传来的。她心头又涌过一阵幸福感。这城市总会把那么多的记忆翻出来,使你存在其中觉得时光倒错,不知今夕何年。于是,心就无由地涌出一股温柔的情愫来。她爱,她只能体会到那满满的爱,从内心往外,一点点涌出来。

那天回家很安静睡去了,睡里还衔着一个甜甜的梦。明早,雨也许就来了。它们踮着脚，蹑着脚，或者一路小跑，边说边笑，边唱边跳，哗啦一下就来了一大片。于是，她的觉睡得有些浅，因为心里一直都有期待。

　　天微微亮时，起风了。一些雨喧闹地站在了窗外，像一些人的影子。她一下子坐起来，开了所有窗户，让风跟海水一样，淹没整个屋子。然后，拉了厚被子，铺着盖着，把自己裹紧，听风声雨声，体会那狠狠的凉意。

　　这样欢快的清凉，使她忍不住幸福地笑。

　　再不用昏睡了。雨使所有倦怠的神经都复苏。

　　雨，真是一种能洒进心灵的阳光。

岩石的早晨

那尖锐的喊声仿佛一个铁耙，随着声波传来，耙尖的光一下把伊可挑出梦境。伊可连一秒钟都没有停留，就拉起睡衣给身上一裹，推了推书房电脑上的银色按钮。

自从孩子被诊断为甲流后，她忙完孩子打发完全家人胃口，剩余时间总在睡觉。睡去这么多光阴，又使她不安。她必须做点什么，方在下次睡眠前有了交代，否则，睡眠会不允许她进入的。这是她和睡眠之间的默契。

电脑前浏览了几个收藏夹里的文件，是喜欢的作家，喜欢的文体。她还顺便放了首小野丽莎的《Danny Boy》。可音乐却像穿行在身边车道上的速度，无法带她搭乘观看一路风景。那些文字更是密不透风的墙，所有的丛林都拒绝为她透露绿色的深意。关了电脑，她推开阳台的窗。雨后的地上湿纹斑驳，空气里有很凛冽的寒流。周末早晨的小区道路上没有车，所有的窗子都关着，所有人都在睡觉，天空中也没有太阳。而她，醒得这么早。

一个喷嚏使她不由得转过身来，关了窗。家人还在酣睡，伊可在安静中想起刚才的噩梦。她梦见一群人，在自己去单位的路上，不断告诫她应该怎么活。她还梦见一些人，她一点一滴拿出自己的珍藏给她们看：这是我收藏的书，这是我的笔，这是我的纸。最后听见奚落。其实想想，身边没人会那样没道理做事，可梦里，她却有那么深的担忧与反抗。

安静地站在书柜前，她站了许久。素日喜爱的书此刻都无法召唤她走近。哲学的，说理枯燥；文学的，修辞累赘；宗教的，玄虚深奥。读小说吧，也许她需要故事。把萨特《文字生涯》抽出又放进去，上次她也只读了前言，不感兴趣的。从第一个书柜走到第五个书柜前，再从第二个书柜走到第四个书柜前，她终于抽出一本北岛的《青灯》。怕打扰别人，她蜷卧在书房那一米二长的小沙发上，前面翻几页，后面翻几页，实在觉得这样读法是亵渎文字，又起身绕到餐厅窗前。

餐厅桌上堆满了孩子的作业本，伊可挨着暖烘烘的热气，把鼻子贴在玻璃上。

雪，一下把秋天下塌了。第一场雪来时，叶上还积聚着多么厚的色彩，等雪滚动了两遍，这色素就被吸附得只剩下枯黄。可仔细看看，又发现这一无所有的冬天别有味道。零星的叶片，骨骼分明的树。弯曲小道上，穿黑衣服的人低着头。低矮的旧房子，生满苔藓的四合院。原野脉络清晰，看不见山，也没有日出。伊可只为自己的眼睛圈出这样一幅画，其余喧闹，都和自己无关。

每一个窗口都可以是一幅画，每一个角度都是不同的视觉。每天这幅画的内容是不同的，每时这幅画的光线又不同。伊可不画画，可她常站在那里，望着一个场景发呆。一幅她以自己的眼光圈出的场景。她经常试图去描述这些美，尽管每次都发现，文字虽带出来淡淡意味，又悄然失落了某些逼真。

路灯熄灭了，心里许多意象明朗了，伊可有些快乐。当可以如此唤醒表达的事物，而事物也顺理成章站在她跟前要她表达时，她内心就充满无可替代的喜悦。有些早晨从梦境里出来，她甚至可以清晰收获几个想都想不出来的好句子。那时她就更深深感谢睡眠，它知道自己要什么。当她懒惰地坠入睡眠无力自救时，她就感到睡眠对自己的抛弃。她必须做那些睡眠为了她而做的事，它使她具有力量，然后，她要不浪费那些力量。

她得像一个岩石，不是被风化干枯的没有句子掉出来的岩石。她静止时也得像钟乳石，心里噙满美感。即使压在山下，也要能渗漏出纯净的甘泉。那些句子，就是她生命的甘泉。她生命全部的意义大概就在于此。要不，为什么她能感觉出那抓住自己的力量，以及涌出清泉的幸福呢？

读日子

  在清晨睁开眼那瞬间，听见日子的翻页声。
  黑页随着意识恢复遁去，白页随着感觉苏醒到来。我永无休止在读的，原来就是这一正一反、一白一黑页面组成的书——日子之书。
  这是雨过初晴的早晨，窗外，乌云势力和太阳能量正旗鼓相当，一刹那觉得太阳要统治人间，可转眼间乌云又把太阳像皮球一样，埋进灰色泥沙中。
  知道这样的天气，太阳绝不会被乌云遮住，但还是暗自希望乌云再强大些，使太阳疯狂的光在这个早晨无法翻身。因为天一下雨，我的心马上就晴了。雨才是夏天的阳光，而夏天的阳光简直是灾难。无论在夏天早晨产生出多么斑斓的每日设想，只要在烈日下走十分钟，所有苦苦建立的人生意志就全部消失殆尽，整个人变得消沉不已，就算在空调下坐着，也常生出苟活一天的丧气。
  可昨天早晨不如此。昨天早晨一睁眼，发现雨像哄着摇篮里的婴儿，轻轻拍打着人间，就觉得它把一夜的梦敲得那么沉实，也把早晨的人心敲踏实安静了。整个人一下兴奋起来,以飞快速度起床洗衣服收拾家冲澡,等跟草一样出现在楼下雨雾中,脸上就浮动着无法掩饰的笑。

　　一只麻雀在清凉的雨中低翔,迎面走上去,有种想要和它握手拥抱撞个满怀的调皮。草坪幽绿,它们的头刚理过,碎发上此刻都闪着莹亮露水。前几天草的头发长了,我回家见师傅开动着剃头刀,一会儿就把草坪脑袋理成平头。还记得路过时,能闻见发丝间散发出来的草汗味,非常清香,当时就傻想,大概蚊子和我对这股味道的喜欢,远远不及小羊遇见时的欢喜。

　　其实前天正为一些事纠结,和他生气,生很大的气。想不通都为了孩子,观念的仗却会打得这般激烈。后来我退让了,因为发觉自己那一刻的恐惧带来了一些蒙蔽自己的黑暗,当然,更是理解到赢得没有必要。因为在很多相处的事中,赢又能赢得了什么,赢来的不过是隔膜与伤心。而输又能输来什么,输来的不正是昨天早晨那种特别的欢心?

　　——从前认为彼此理解很重要,后来明白沟通是人和神的事,理解远没有包容高大。因为理解往往像利用别人与自己的相似在证实赞美自己,而包容更多的是肯定接纳对方与自己的不同。像造物主的奥秘从来不为人所知,甚至为人所歪解抱怨一样,可造物者又何尝与人一般见识,他无数次的包容与给予使人感受到莫大的爱与抚慰——这就是没有一个人看见大自然的胸怀能不喜爱低头的缘故。我们虽然不理解大自然的奥秘,但大自然默默给予我们,如果有爱,有哪份爱比这样的包容更伟大永恒?

　　当然,谁都希望黑暗的对峙根本没有,因为每一根不同的刺刺穿对方时,也刺伤自己,但我知道,假如没有前天那样的低谷,就没有昨天那种几乎快到巅峰的喜悦。很多时候被引到黑暗中,我们都极力逃避。可往往在黑暗的折磨中,我们的心灵睁开光明的眼睛。人总傻傻想要消灭黑暗消灭消沉,可就在这样两极间的回荡,才造就了人的感受力。要是没有差别，就等于没有觉知和感受，失去差别你将体会不到糖甜醋酸，没有痛苦感也将必然剥夺你的快乐感。所以，什么是好坏与错对呢？大概就像某位高人在书里所云："没有人在种田之中收获过真正的伤害，所有回收的都是资粮。所有的错都是对，所有的路都指向正确，因为根本就没有错误的人生存在。"

可人要站在怎样超脱的位置和高度，才能理解没有错误的人生错误的事存在。我默想也默信着这一句，突然想，既然如此，那我为什么就不能接受夏天的烈阳？如果没有那份煎熬与等待，夏天的雨何以能显得如此让人喜爱？何况，如果要像信任光明一样，去信任黑暗存在的意义，那么，夏天的阳光也许治病，像老公说的那样，扩张血管排除杂质？像老爸说的那样，治疗冬日浸入体内的风寒？

这样想着，突然释然且失笑。原来，人怎么样得到的都是爱啊，为什么人死抱着的观念就不能放下，总是挑三拣四，有这么大的分别心呢？

边在屋内做着上班前的准备，边想象着窗外，黎明的光芒已像雨后的草原一样，正清新铺开。叽喳几声鸟鸣，分明是石阶下开出毛茸茸的小花，微弱得惹人怜爱。下楼后，雨后的草都挂着亮晶晶的露水，光线崭新地照射着人，有一种强烈的新生感。抬头望蓝天的蓝，觉得那简直是刚从织女机子上裁下的新衣，让人不由得惊叹，为了这普通一天，它竟然如此浓重地出席。云更洁净得不像话。它们一团团一堆堆一缕缕，在天空中恣意生长，这种晴空上的植物真是好东西啊，遇上多少次都从不厌烦。仰头走着，有一瞬间简直希望可以倒立着向着天空坠落，把自己淹死在那种要命的美丽中。

可惜，只是妄想。于是一路感慨一路哼唱，感激和享受这种有点承受不起的美和爱。平庸如我，活一天，总有些对不起这些给自己做背景的大自然。大自然那么沉默忍耐博大包容，手心却捧着我这样一个拥有诸多问题动不动就烦恼的俗物。而它们呢，比我美，也比我更具品德，我在它们的无限沉默面前，总无端地深深感念，无限惭愧。想那日日所遇到的人与事，竟都是上天为我们量身定做的教科书，想上天为把一个学生的教科书做得生动逼真，竟配以这么灵动的万物插图，出动了那么多智慧与爱意，一瞬间，为领略到的这苦衷与旨意，我的心竟感动得，完全匍匐在这夏日早晨的衣角下。

荷的演说

一

看，向纵深看，直看到桃红闻得出香气。

听，于无声听有声，便知马叫听得见风声。

凝望这一页页冰姿雪容的荷，视觉听觉的通道中正滑落下什么？

——静。

静到时间结了霜，落在塘间空气上。花光，以香气的波长，向外散发。相机成了待酒的盏，只等美的水流过。从眼睛流过毛孔，融进细胞，给心灵一饮而尽。

但美的刹那，往往一触即醉，樽中于是尚余半盏。给路过的你我啜饮，并想象——大美过境那一瞬。

有一种语言超越语言。

而美，即语言。

二

洞山良价禅师初见云岩禅师，问："情说法，给谁听？"

云岩禅师道："有情听！"

有情是谁？

人。

无情，即自然。

所以，当有人问诗人茨维塔耶娃：什么是艺术？

智慧的茨维塔耶娃道：艺术就是大自然！

年少时不懂为什么艺术全无几句人事，都是山水草树话，后来才知大自然是赤裸裸的真理，是最天然的教科书。而人类所有艺术都是在聆听它的天籁模仿它的音色，并力图听懂那苍茫之上的大音稀声。

三

感动并庆幸摄者捡到这么多美丽的"荷话"。

只是，我能想象得出夏日拍荷之炎热，但想象不出冬日拍荷之寒冷。

但等待光、守护美之触须伸出的刹那，寒冷可能都被忘记了。因为那一刻，躯壳一定消失了，只剩下意念。所有的能量都追随着意念，想和美神走过的瞬间相撞。而逮住一个绝美诗意的构图，定然欣喜若狂。

——仿佛美是糖，撒进哪里，哪里便甜。

有人问，你为何不拍人？

摄者道，我拍了很多人。

那一闪而过的话，我愿意把它理解为一种沉默。

城市里最多的就是人。我们一出生就用眼睛拍人，却是越拍越倦。从广义上讲，不是不爱人类。但从狭义看，每逢街人如蚁，眼睛就像进了沙子一样难受。可如果此时,你把目光悄悄移到路旁一棵树头顶一片云上,顿时心就尘埃落定,马上便可从烦躁中安静下来。

比之人像,我更喜欢看摄者用相机凝固截取自然中某一刻。不仅因走进自然就像给心灵开窗,更因为大自然潜藏的智慧在等待人的发现学习。世界上谓之最伟大的艺术作品,都不能和自然中的一根草相媲美。大自然中的一根草,都远比人的所有艺术追求更生动唯美。

人总自诩为万物之灵,而伟大的哲学家赫拉克利特却在自己的《残篇》中提醒:那些给听觉、视觉提供享受的,其实比享受者更高级。

四

选图时,我被一幅结着霜花的荷梗图吸引住了,拿着图久久不能翻页。

看了很久,发现不知为何,草和荷梗长在一起。我想象不出水中有荷怎么会有草,就询问这张的布局。

摄者回答:这是在比草还低的位置拍成的。

眼前猛然闪过夏尔一句话:我只为爱弯腰。

其实,爱和美到底是一回事。爱是美的果核,美是爱的光芒。

对于美这类人世间最高贵的事物,人只有把自己放在一个很低的位置,才能聆听到美神为心灵的汩汩斟酒声。

架下蔷薇香

一

　　五月的清晨阳光茂密，人仿佛在光的丛林间穿行——透亮的太阳的光，天空蓝的光，云的白，草的绿，花的色彩斑斓的光，以及身边行人那充满活力和健康的光。这是崭新一天，光阴的二十四个点等着人踩过，对许多人来说意味着开始，但对有人来说，却意味着告别。

　　淡淡想了想，出门时我更多惦记的是要加衣裳。三兆太冷，每次去三兆殡仪馆，似乎所穿衣服都不足御寒。似乎骨缝里有风游转，牙齿合拢紧密点都难。其实，自己没什么忌讳，尽管有人不愿多去三兆，我却能去就不错过。总觉得那里是一个止息浮躁，让欲望和尘念偃旗息鼓的地方。每次进去，看着墙上劝慰人的言语、到处跌撞的悲伤，灰飞烟灭中总觉得更看清了生。好像洗了次灵魂的澡，出来后身轻心空，干净清爽。

七年没去了。这次去是参加一个老领导的葬礼。我和他没任何交往。据说也曾是一个呼风唤雨的人，我去这个新科室，大家聚餐，无论领导同事，都能看得出对他很尊敬。他本人饭桌上也笑话不断，显得游刃有余。可一周之后的下午，他来单位拿点东西，回家路上突发脑溢血。他把车静静停在路旁，打开车门，后被行人送到医院。但终因抢救无效离开人世，年仅五十八岁。

他去世后，每天有人为他流泪，有人为他忙碌。但是，以他生前那种位置，谁都觉得没他不行。等到他真离开，却再也没一个人觉得这世界不能没有这份重要。这就是死亡，取消了你企图建立的一切价值，轻飘飘就把你蒸发成云烟。

吊唁时，一个同事提起前几天还在单位看见他，说好莱坞的导演也导演不出这样的结局，太戏剧化了。其实，所有人生如果从终点回望，哪个不是充满戏剧性？问题是，真正上演的戏剧由人导演，但人生戏剧却不知是谁导演。

二

记忆中去三兆的路远而泥泞，每次车都要在路上颠簸不断。这次正感叹翻修过的路面好，开车同事说：我们离三兆，从此更近了。话里的调侃，舒缓了一些车内气氛。

到时，忙碌着花圈的摆放，灵堂的布置。依然等级森严，自然是把权高位重者放在醒目位置。殡仪馆也现代化了，电脑在墙上点击着一堆数据，使你想象，人活着好像一个符号，死了，就空留一串别人的给定。名字是父母给的，单位是国家给的，知识是学校给的，家庭、孩子是社会和传统伦理给的，走时，都还了。谁也不知是死者顶替了这串名字和数据，还是可以用这些数据来涵盖死者——明显是不能的。

真正的追悼会还是按社会约定俗成进行。因为来的领导多，追悼会由一个处长主持。他和死者估计没有任何联系，拿着打印稿念，还是把死者名字念错几遍。生平简介内容就更滑稽。让人想到，在死面前生者还脱不下那张虚伪的皮，直到把它背到死后的魔窟里。

感人的是孩子的讲话。这个和死者生命真正相关的人，即使内容写得再平淡，也因感情的缘故，每句平实的话中有了不一样的意味。所以孩子只念了一句"我的爸爸不幸去世了"，自己就哽咽在那里，下面便一片低泣。我相信，人在这一刻的哭泣，都有对死者的同情，和对自己生命的思考。我们都会经过。我那一刻盯着放映在屏幕上的照片，就想，我也许应该在生时，就把那些照片给自己准备好，以免某一天死后，由别人仓促安排我的结束。我应该以我愿意的方式离开这个世界，以美的方式离开。即使免不了有单位参与，但至少不会使我死时都觉得一生也说不出自己想说的话来。

三

遗体告别时，我使劲盯每个人的脸看。可人把心藏在身体里，很难盯出来。只有个别人流泪，我不免对这样的人多了亲切，觉得他像个好人，因为有颗感性柔软的心。

就那样悄悄玩，心想我再不会有眼泪了，一是心境，二是我和死者实在没交情，可当握着他孩子妻子的手，看着那流泪的双眼时，我还是触摸到他们心底的痛楚。出门时我抹着眼泪，又吃惊又叹息。我以为我都不那么容易流泪了，可我还有那么多眼泪，有那么敏感细腻的神经，简直让人气愤！我就不能麻木不仁些，理智得像块石头？成长给我的教训仿佛一点点都没吸取，我竟不能像道电脑程序，被卡在固定的时间与流程中，不用思维，就可以完全合乎标准。我竟还有眼泪，这么多让我气愤又不争气的眼泪!

感觉一出,就越发不能止息。只好趁机用花圈遮住脸。其间,白孝衣在人群中穿梭,殡仪馆后面烧纸灰花圈的人哭声一片。我找人少的地方站了下来,静了静,看见白色蔷薇架旁,大牌子上写着一段话:

——每个人的生命总有结束的一天,活着的人啊,不要为逝去的人过于悲伤。我们能做的事,就是把死者身上美好的部分,发扬光大。

耳畔想起这几天围绕死者的话:这个死者活着的时候,一直在资助一位贫困学生;他给人办事很实诚,只要你求他,他一定想尽一切办法给你办成。

他的那些不好,大家想不起了。记起的,都是好。

原来,人能留下的就是这些。就像这蔷薇花丝,开放,就是为了美。一股新鲜的感觉代替悲愤重新升起,这次,我没再埋怨眼泪。

我爱过一只狗

我爱过一只狗。

就那么一只，就那么一次。

用这样忧郁的调子来叙说对这只狗的怀念，在我心里已经绵延好些年。我不是第一次提笔为它写字，也不会是最后一次。因为，我只爱过一只狗。就那么一只，就那么一次。

我经常蹲在它面前，看它帅气的样子。它毛色乌黑，爪子肥大有力。深深的双眼皮下，清亮漆黑的眸子里没任何坏念头。我望久了，它会有些不好意思，转过身发出温柔的低鸣，然后再无邪地和我对望。我拿它的爪子玩，摸它的毛，跟它说话，它年轻而漂亮。它总是在村口的小河渠把自己打理得干干净净，一直延续到它后来生病。

它是父亲买来打猎用的，我们叫它"黑子"。小时候生活条件差，父亲经常打些野兔野鸡来改善家里伙食。父亲的枪法很好，天上飞的地上跑的，都能成为他的猎物。他甚至和很多有相似爱好的同事去山里围猎，所以对猎狗要求很高。他曾弄回来好几只猎狗，都因为太笨送人了。但他喜欢黑子，因为黑子聪明勇敢，且通人性。

儿时母亲常带我去姥姥家，去时要过渭河。过去河上没有桥，但有渡口有船家。我和母亲第一次带黑子过河，我们上了船示意黑子过来。可一转身黑子就跳进河中。那时河水比现在大多了，水面宽阔，河水还打着深深的漩涡。船家的橹一伸进去，就淹得没多少了。我见黑子跳下去，大喊：快救它，救它！母亲也很焦急，只有船家不紧不慢笑：没啥，猪浮江狗浮海，淹不死的！而我再定眼看时，就发现它的小脑袋漂在昏黄的水上，游一会儿，回头望一眼船，再游一下，再回望一下船，它始终和船保持着一跃就可以跳上来的距离。等到上了岸，它浑身一抖，就把身上的水花甩得干干净净。到了姥姥家，它蹲在姥姥家门口榆树下，也不进屋。几时我和母亲回家，它就像保镖一样，不用喊便起身跟着我们了。

过去兔子多，父亲一响出去，能打不少野兔。打中的兔子会离人很远，黑子就成了搬运工。在父亲的枪没响之时，它像个小猎人一样，敛住自己的脚步，睁眼窥视着猎物。而等父亲枪一响，它就像箭一样立即冲出去，直到把猎物衔在嘴里，连拉带拖弄到主人跟前。有一次，因为树木茂密，父亲视线受影响，他的枪击中野兔，但没有打中要害。受伤的兔子跑进有刺的灌木林，父亲进不去。黑子就蹲下，向前慢慢爬。它爬一下，会耳朵贴在地上听一下，然后再爬。等到准确判断出猎物所在，就突然发出猛烈攻击，将兔子扑倒，拖到父亲面前来。

儿时我觉得父亲打猎传奇又威风，总想跟着。可父亲不愿意带，因为我早晨起不来，又跑不动。可有一次，父亲忽然想法变了，一大清早把我叫起来，带着黑子一起走进果园。可他俩一旦碰见兔子，就跑起来，跑着跑着，便把我甩开了。早晨时分，果园里还有些黑，淡淡的雾笼罩着，果树在没有散尽的夜之薄雾中看起来像魔鬼阴影，不禁使人害怕。我怕了，就喊黑子。最初喊声小，后来就越来越大，还带着哭音。持续了一会儿，黑子回来了。它带着我，把父亲一直追到渭河岭上。父亲正在打大雁呢。雁群一阵阵飞过，父亲朝着其中开一枪，他以为没有击中，可黑子居然迅速跑过去，站在那里朝着我们叫。等我们赶过去，果见一只灰毛雁掉在地上，沾着鲜血还冒着热气，在地上扑腾。黑子不知道因它是活的，和兔子不同或别的原因，就站在旁边边当看守边叫我们。

为了生计，母亲每年都要在秋天苹果成熟时，低价收进几万斤苹果，存到过年前再以高价卖出。这样，整个深秋和初冬时节，我们一直要在果园里看苹果。白天我和黑子在那里。我把黑子的毛理得顺顺的，头靠在黑子背上，边吃苹果边唱歌。秋天下过果子的果园里空荡荡的，没有人，我就很大嗓子唱歌。黑子多数时间很安静，有时嫌吵，汪汪叫几声。我唱到嗓子哑了，睡一会儿，起来又拂着黑子的头，望着树丛深处，期待妹妹来送饭，或者爷爷来换班。

大概到我上小学四年级时，黑子慢慢显出老相，嘴巴上长满癣，夏天来了，苍蝇嗡嗡嗡绕着它飞，大人便很不喜欢。最不喜欢的是二爸。他说动爷爷把它卖掉。得到消息后，我每天都把黑子看得紧紧的，生怕谁把它带走。可某天早晨，它还是被爷爷拉走了。中午爷爷回来，说把它卖到了镇上。晚上我正在屋子里为此闹情绪，它却在门口"汪汪"叫了。它自己又从买家那里跑了回来。

可二爸卖它的心很坚定。第二次，二爸把它带到县城去，打算卖掉。据说卖到山里很远的地方，但几个月之后，它再次出现在家门口，不过已经毛疏形瘦。至此，我就跟所有人又哭又闹，把所有亲人都当敌人，再也不允许谁碰它，一天二十四小时都关注着它。这样黑子就被留下了。可黑子再也不允许被带进屋子，它只能在家门口的椿树下。因为在黑子离开后，二爸很快又买了一只大黄狗，它如今占着黑子的地方。

一天放学回家，同学为了抄近路走，我开了家里后门。锁着链子的大黄狗还是以凶恶之态朝同学扑去。我想它该认识我，我老喂它吃的，就走到它跟前安慰它，护着让同学走。可谁知一站到跟前，它急了就扑过来。我的胳膊被咬了，左胳膊缝了十二针，右胳膊两针。

二爸知道父亲要看见这情形，会把黄狗活活打死。所以没等父亲回来，他当天就把黄狗卖掉了。

那个夏天快要过去时，天气很闷热，我的胳膊上着药打着白绷带，天天要打针，母亲也天天都把补血露放进荷包蛋里，给我吃。我不爱喝乌黑难闻的补血露泡鸡蛋，象征性舔两下，总趁大人不注意，倒给黑子吃。看它吃时，我心里又高兴又难过。它走再远都知道回来，它总惦记着主人。可它的主人却一次次把它卖掉，再也想不起它曾经为这个家建功立业的好。人在某种程度上竟不如动物。这是我最开始轻看了人，并开始怀疑大人教导的东西正确性之所在。而这一切，竟是一只狗教我的。

初秋时节，天气还很热，黑子脸上的癣也变得很多。我想，也许因为狗那只食碗用久了太脏，就偷着把家里饭碗给它换了一个。

一天傍晚，人们还在纳凉，忽然听见两只狗的撕咬声。过路的狗看见黑子食碗中还有没吃完的东西，就过来蹭食。黑子不知道是保护那只碗，还是要捍卫自己作为一只狗的尊严，和那只狗发生了搏斗。那时的黑子已经衰老黑瘦了，它的耳朵被咬掉了半块，血模糊了半张脸。过了几天，血凝成黑色，招来更多苍蝇围着它转。母亲看一眼，脸上露出厌色。后来再过几天，我一早起来发现黑子没了。

黑子从那以后，就彻底消失了。

它再也没有回来。它终于没有再找到回家的路。据说，它被卖到杀狗的地方去了。长大后弟弟有次描述他看杀狗的情形：店主把一只狗从狗笼子里拉出来，用铁榔头朝狗头上砸去，其余的狗就开始打哆嗦，发出哀鸣和长啸。而我，仿佛也在泪眼中看到我的黑子，就这样消失在这世界上。

黑子死后，家里还养过几回狗。而我再也不会去喂它们，和它们对视，去建立一点点感情了。进城后，街道上很多好看的宠物狗，可在街上遇到再漂亮的小狗，我都不会蹲下来，使眼神在它身上逗留超过三秒钟。爱人喜欢狗，儿子也喜欢，他们总怨我不让家里养狗。可我就是不肯。因为养狗是件伤心的事，狗的寿命比人短，看着所爱之物离去，是会减掉人很多信心的。

其实，这些话也许都是借口。潜意识里我知道，我的脑海再也不会成为任何宠物奔跑的疆场了。

果蔬恩情

六月，满街刚上市的黑葡萄，透着紫水晶诱人的光。路过，忍不住去看，但不会买。因为这些葡萄长着一颗坏心眼，因为，老家小院那架正常状态的葡萄此刻还全青着——老家那架葡萄到秋后也不会长出这种颜色。即使清完葡萄架，也有一些葡萄是绿的。但到那时，即使把绿葡萄放一颗到嘴里，也是醇甜的。

七月，我把母亲从老家捎来的葡萄吃光了，在街上买了几斤。洗干净咬一个，里面先一泡水，不知是甜是酸的水，葡萄肉像瘫痪的人那不健康的肌肉，一下子就让人没了胃口。如此买过两次，结果全部扔掉。

朋友给了几盒"户太八号"。"户太八号"这几年挺有名，环山路下都种起这种葡萄。利益当前，价格又好，农民也忘了本，给葡萄蘸起大果灵，所以葡萄长得挤成一嘟噜，颗粒也大。但因为品种不错，比我在街上买到那些被农药打傻脑子的葡萄，甜味浓多了。

有一次回老家路过环山路，老公让我买了一些，说比较一下我家葡萄和这个葡萄哪种好。路边卖葡萄的很多，那天买的"户太八号"比朋友给的还要好。带回去爸妈一尝，都说很甜。可摘一串自家院中的葡萄冲干净，吃一粒那个，再尝一粒这个，就发现，自家院里葡萄皮薄肉质结实，水分像清泉一样无尘甘醇，甜味思路清晰，一进嘴心都被洗快乐了。而那个"户太八号"，虽说也甜，但甜有些含糊浑浊，像把糖分泡在有点脏的水里，吃后舌尖上一头雾水——似乎味觉让味道给骗过去了。

植物是有心的，果实就这么不会骗人。你在过程中心思纯净地待它，它就会记录进来，让舌尖来翻阅它的成长记忆。

老家那几株葡萄也是十年前种的"户太八号"品种，只是年年结出的果子偏小，因为葡萄根是随着葡萄架枝条伸展的方向长的，爸爸当初为了阴凉，把葡萄架下铺成了水泥路，所以，肥料无法充分撒在葡萄架根部。但因为从不乱打农药，不去蘸什么让个头长大的农药，没有果民种植葡萄那些商业欲望，那架葡萄不仅成了秋夏每个路过我家门口的人都会目视的焦点，更成了我们透视食物本色甘纯的一丝缝隙。

母亲的小院中还栽着樱桃树和杏树，大门外有核桃树、无花果、柿子树。门口两分开荒的田，种着少量嫩玉米和各种各样蔬菜，因为很少打农药上化肥，所以产量低，但味道从不负人。

我从前不爱吃苦瓜，母亲种的苦瓜却让我们姊妹吃上了瘾。用蒜瓣青线椒和苦瓜一炒，那种苦味就狠狠落过日渐麻木的味蕾，在味觉土地上留下深深且痛快的辙痕。很多时候，在外面买的韭菜，都像野草味，根本没有韭菜在记忆中那道味语。仿佛人不仅把自己在这个时代弄得半死不活，把植物也折磨得毫无生气，连蔬菜都活得越来越没味了。可把从母亲家带来的韭菜洗干净一切，满屋都是韭菜味在撒欢，经久不散。

人说"麦黄烂韭菜"，母亲的韭菜一直能吃到初冬。还有荠菜，别人把荠菜当草，母亲恨不得有荠菜种子卖，好撒到地里让我们回家能就近挖。甚至，我们还把在河岭上已经很稀少的小蒜挖回来，和太阳花一起种在菜园子外的田垄上，好让记忆中那些美好味道都不失踪。

很多早晨,在老家起来的第一件事就是摘几粒葡萄洗干净,边吃边走到门外菜园子,看苦瓜又长了多少,新种的香菜冒出多高。有时,会蹲在地里,把手指伸进带着晨露的韭菜中摸韭菜叶的光滑——觉得童年的自己正从指尖上走回来。那时韭菜叶也窄个头也矮,像健康的孩子。母亲让我提着篮子去果园割韭菜,我总割得慵懒又缓慢。先摸韭菜的头发,光溜溜的;再看看色泽,是阳光透过蔬菜家窗玻璃的明亮;然后,我把刀子搁平,感觉割过韭菜后,刀刃如饮甘露般的舒畅自在;接着,把指头放到韭菜渗出的绿汁中蘸一下,湿湿的,忍不住为自己的无聊发笑,而心,却很恬静。

这样的恬静,真是越来越少了。

多少的后来都已荒草丛生。但庆幸还有一个空间,我们可以和果蔬得享彼此给予的纯净恩情,得享已经很不自然的世界中的一份自然。周末,我常像逃兵一样逃回老家,坐在躺椅上听植物生长,看葡萄架上的鸟鸣,和母亲在地里摆弄蔬菜。甚至有时什么都不做,就对着夜空中那些星星发呆,感觉蔷薇花的风走过鼻翼,带来香气。想,就这样做尘世天井下一株植物,安静到如同时光走动,也多好。

味蕾上的刺青

他带回几瓶婆婆腌的韭花，大瓶掺杂着红辣椒的给母亲，两小瓶给弟妹，颜色发绿的留给我们，孩子和他不吃辣。

拨出韭花加点味精泼上油，搅拌一下。品几粒泛着黑籽的韭花，昏睡的味蕾突然被唤醒了。而在舌尖摇曳的叶片上，丝缕美好的记忆，竟都是婆婆镌刻上去的。

婆婆一手好厨艺。我经常面对满桌精美饭菜和她开玩笑：你这一生亏大了，净照顾他爷俩。要你来开餐厅，说不定遍地开花，都成了餐饮业老大，现在一老富婆，由他俩围着您转。

婆婆被我夸得合不拢嘴。辛苦半晌，她最开心的，莫过于家人的满意和称赞了。

我没瞎夸，婆婆在做饭上有天分。她做饭不仅仔细耐心，且善于学习。去外面点菜，她吃一次就可以照猫画虎做出七八成。因为用心琢磨，她做饭很有想象力。我不能想象黄瓜可以包饺子，但婆婆用黄瓜鸡蛋加虾米，包出的饺子清淡可口。老家遍地马齿苋，多拿来做菜卷。婆婆把马齿苋晒干，等到冬天再用热水一泡，菜就有笋干香菇那种枯干物回忆过去的气息，一旦用来炒肉丝或做包子，非常筋道好吃。婆婆用茵陈做麦饭，是我吃过的麦饭里味道最美的。婆婆做烫面饼卷菜、南瓜盖被，自制羊肉泡馍，各种腌菜。总之不知是菜认人，还是她有一种气场能叫所有蔬菜臣服，随便什么在她手里一拨拉，就可以有模有样。

跟婆婆相处久了，才发觉所有好吃的饭菜都是工夫饭。甚至认为，食物也有尊严，你怠慢它，它就给一盘蔫蔫的尸体让你品尝。你若给它体面与尊重，像送它投胎上路一样，那些食物就在盘子中活了。婆婆就是这样对待食物的。她不仅把它们切得整齐好看，放在锅里也有条不紊，盛在盘子里更讲究注意。因为她对食物有心，食物也从没忘记回报她。我在别处吃菠菜面，都是把菠菜在热水里拉一下，出来剁碎与面和在一起。为了菠菜营养不流失，婆婆把生菠菜剁碎，和面硬给一起和。那样就费气力了。必须和一阵，等着菠菜出水再和。菠菜水分大，这样做容易点，韭菜就没这么好和了。不仅要切得极细碎，且要不断揉搓。很费时间和力气。可一旦做成，擀成韭菜片蘸蒜汁吃，或者炒些葱花西红柿拌点肉臊子，做成拨鱼——啊，行文至此，且在想象中停顿一下，因为，我好想吃一碗。

母亲在家门口开了块荒地，种一些不打农药的纯绿色蔬菜。虽不到二分地，但供给我们姊妹几个绰绰有余。因为家离单位远，平时做饭不多，母亲给的菜就多半送了婆婆。婆婆总夸韭菜味道比街上卖得好得多。我回馈回去，母亲便像遇到知音。每次给我们带菜，会把最多一份给婆婆。天长日久，婆婆对母亲生出很多感激。每次出去旅游，她总不忘带点礼物给我父母。甚至，婆婆大孙女参加工作后，给公公买了二两多西湖明前龙井，说是极品一两一千多块，婆婆知道我父亲爱喝茶，就分一半，要我给父亲带回去。

公公吃素，儿子吃纯肉，老公要菜加肉。家里包饺子一般两种馅，包子就至少要三种以上馅。我觉得这已经很麻烦。但家里三个男人包子吃久了，还不爱婆婆一次蒸很多包子，说现蒸的包子好。我为此心疼婆婆，忍不住嘀咕。可婆婆却乐此不疲。儿子很挑食，放暑假婆婆过来给他做饭，你做得不对胃口，他可能就要其他饭菜。每到此时我和老公就训他。婆婆却不允许谁说孩子。甚至，后来就变成孙子下食谱，婆婆来做。我和老公看不过婆婆这样惯他，可物物有灵，皆有回报之心。儿子跟我们俩一样，都是比较讷于言，不善表达的人。但不知从什么时候起，不爱说话的儿子养成一种习惯，每晚都要给奶奶拨个电话说会儿话，才肯睡觉。每天看他关起门跟奶奶说悄悄话，我心里就默默感动。外孙女薇薇也是婆婆带大的，小时候每到薇薇过生日，婆婆就让她把小朋友们请到家中，自己做孩子们爱吃的小菜来招待。薇薇前几年考到美国读书，临行前对父母说：以后有机会来美国，你们谁都别跟姥姥抢，姥姥年纪大了，一定要她第一个先过来看看。虽然相隔遥远，她隔三岔五都会给婆婆打电话，甚至给姥姥买各种营养品，漂洋过海带回来。

　　有些老人是子女往外推，但婆婆却是几个儿女抢。只要婆婆在哪里，哪里的生活质量就会不断提升。婆婆爱收拾家，还爱养花。站在她窗下，便能看见植物那澎湃汹涌的绿，从阳台往邻家阳台上流泻。她总能做到"物要整洁，人要精神，饭要精美"，而身体却成了最不好的一个。她病时我给她说：饭菜差不多就行了，别那么费神劳累自己。她说，做差了我都吃不进去。我说你的身体现在讲究不起。她便不吭气。可一旦能爬起来，她就把她的饭菜她的生活，往尽善尽美改造去了。

　　婆婆做饭时，会跟当下手的我拉些家常。她爱说年轻时的事。说她第一次到公公家，公公第二个母亲戴着眼镜在躺椅上看书。因为她去了，婆婆下厨给她做饭。那天吃饺子，饺子小得有我们现在饺子三分之一。小饺子出锅后，把肉汁和葱花给上面一浇，淋点醋拌着，非常好吃。她说自己的手艺是跟婆婆学了点，跟家里的厨子学了点。她还跟我说，她没见过公公亲生母亲，她死得早，是三原一个有名望的家庭出身的，上过那时西北地区最早的女子学校，她的父亲和于右任交情很好，便做了于右任干女儿。她说，家里原来有很多于右任的字，放了整整一瓮。"文革"中因成分问题，家人东躲西藏，纷纷受到牵连迫害，那些字画就没人敢藏，全烧了。

婆婆生命大部分时光都用在做饭上。最初我觉得跟着婆婆那样做饭，简直太浪费生命。她使我感到人活着就为了吃。这些年过去，我开始为自己这幼稚的定义感到惭愧。婆婆是把她对家人的爱，对生活的爱，都付诸真实行动了。而我，则很多时候都停留在心动层次上。我舍不得在这些事上投注过多时间，老想做点自认为有意义的事。婆婆的生活不需要思考，每一刻都触碰着当下的真实与丰富。而我的脑子则整天都不知云游何处。也许等某一天茅塞顿开，想通人生种种，我也会彻底抛弃书本，甘心像婆婆一样，每天只与食物花草、与日子的真实细节为伍。

等我老了，儿子可能会给我说：我想吃奶奶做的南瓜盖被了。爱人也许会说：你能不能做一次妈当年做的烫面饼？那时，岁月已经把我的心冲刷得踏实而沉静，我会像一个真正的家庭主妇，把手伸进面袋，把心伸进四季时蔬里，从春天就把马齿苋采过来晒干，把海带买回来切细洗净晾晒，然后顺着记忆一点点往回摸索，把味蕾上的刺青描摹下来，盛在盘子里，供每个人品尝回想。

那时，婆婆与我们相处过的日子就会回来。

那一刻无论我站在何处，都会看到她站在厨房里，和我说话的这些时光。甚至等我老得跟她一样，儿子也有了妻子，我也许会边做饭，边对做下手的她说起婆婆的事，说起她小心翼翼把韭花用剪刀剪下来，没有碾子，只好用捣蒜窝，一下一下捣。十七八斤韭菜花她捣了好多天，最后腌好送给大家。说起她第一次到公公家，她婆婆戴着眼镜，在躺椅上看书，她看见时内心涌出的喜爱。

那时，我会清楚看见自己心田上有一块空地，托着婆婆，和一些往事。而婆婆也站在那里，心头托着她的婆婆，和另一些往事。

记忆的红酒就那样一点点，淌过诸多生命垒就的高脚杯。岁月也掺杂着食物的印记与诉说，在悠长的滴唱声中，不断向深演绎下去。

看病

那晚爸爸胸口又开始疼，再次住进医院。

晚上十一点多，办完住院手续到病房，同房9床病人已经休息了。9床是个中年男子，他那穿紫毛衣的女人趴在床边埋头睡着。尽管妈妈一直示意我们声音小些，但开门的"咯吱"声、护士的换床单声、水壶倒水声、输液、移凳子的声音、脚步声，没过几分钟，女人就抬起头。接着，9床男人也坐起来。这时爸爸已插上点滴，就转过头歉意地对9床男人说：

"我来这么晚，吵醒你了。"

"没事，"男子捂着胸口摇摇头，一脸憨厚，"也睡不着。"

早晨橙红色的落地窗帘被拉开以后，一束阳光很快冲淡了人心底因为疾病沉积的阴郁。爸爸经过一晚上的输液休息，恢复了一些，就和9床男子攀谈起来。

"你好像昨晚没咋睡觉？"

"疼。"男人笑笑，还是捂着胸口。

"我看你的脸色这么燥红,,估计心脏还是有问题。"爸爸自己都不了解自己的病情，却一副专家口气。

"和这没有关系，我们原上的人，风头高，常年在日光下晒，都这样子"。男子摇头，接着继续说道："我到去我们那里的长途客运车一站，只望望那些人的脸，就知道那些是老乡。"

"像我都属于中等红呢，你没见有些人，皮肤真是枣红枣红的。"

男人这实在的比方一出口，屋子里马上漾起满满的笑。我在笑中好好打量了一下男子，他有四十七八岁，人微微发福，黑红的脸上映着几束稀疏的头发，眼睛很大，嘴唇很厚，一看就是那种朴实的庄稼人。

男人病情比爸爸严重，疼得夜夜几乎睡不着觉。后半夜经常一个人拿本揉皱的武侠小说看。男人有两个孩子，都去南方打工了。只留下他们两口子在家。这病已经害了好几年，心绞痛也是第三次住进医院，以前每次看完，他都没有做手术。

手术没做下去的原因他没说，但可想而知。心内科做一个心脏造影六千多，如果放支架，一个支架国产至少三万多，进口的就更贵。而一个人有时放一个支架根本不行，有人最多可以放到十个。这样的经济负担，尽管爸爸可以从医保中报销一部分，妈妈也已给我们开口。妈妈尚且感到如此沉重的经济压力，对于这个没有任何医疗保障和经济收入的男人来说，这数字，可想该多么大了。

心内科每天都有人进了手术室出不来，不断传来死亡的消息让爸妈都背上沉重的心理负担，周末晚我换妈妈，那天半夜出门叫护士给爸爸拔点滴，9床靠在床头，抱本书坐着。双眼和嘴唇紧闭，手的姿势在胸口不断变换，一会是捂，一会是捧。他捧的样子是把手平放在心脏下面，好像要捧着心，把那种疼从里面全捧出去还给上帝。那无比的可怜样子让我没敢继续看下去，关上门就出去了。

后来一天中午又来爸爸病房，病房门口围满人。一种不祥的感觉忽然升起，我加快步伐，一下子掀开门，叫了声"爸"，看见爸爸坐在那里好好的，才一把抓住妈妈的手，叹了声：吓死我了！

静下来发现9床空了。又看看，爸妈眼圈都是红红的，我把写着疑问的目光投向妈妈。

9床去做手术了。从前天下午医生定了9床必须做手术后，9床老家就不断有人来。妈妈指着门口那些脸色黑红的人说，那是来看9床的老乡。每个人带着几百或者几千元，没一个空手的。今天来了二十多个，昨天还来了十几个。那情景真像自发的募捐。从那么远地方能赶来看，有些甚至不是亲戚，这情景，不知怎么的，就让她和爸爸感动唏嘘。

手术没持续太长时间，9床男人出来了，他发福的身体埋在白色的被子里，只露出发红的脸，第一次显得虚弱而无力。他是被那些乡亲推进病房的，他们根本不用护士，就直接把他从担架床上你伸一把手，我伸一个胳膊直接揭起褥子放到床上。他们刚放上去，随后进来的医生就大声斥责：刚做完手术，谁让抬到这里来？快进监控室，进监控室！人群马上又像刚才一样，一下子就把男子从床上拎下来放上担架。

他们蜂一样涌出去了，那样子，让一句台词不断冲击我的内心：他们的手很脏，但他们的心很净。

知道手术很成功，那些老乡就在下午和紫毛衣的女人告别，陆续回了老家。晚上八点多，男人回到病房。缓解了疼痛的他根本不像一个刚从手术台上下来的病人。一进来，就问女人，手术的花费情况。听说放进一根支架连同各种费用总共四万五时，他嘴张了张，半天没合上。

过了会儿，他把目光转向我。

接我递过去的笔和纸，他对自己的女人说：

你来告诉我，借谁多少钱。

然后，他翻过了身，爬在枕头上，挺平他那被压在白被子下的脊梁，

143

随着女人的声音，一边重复一边写着：

东头张哥七百元

邻居王姨五百元

舅舅一千元

弟弟三千元

村头王瞎子让李嫂带来三百元……

我看菲鹏离婚

王菲李亚鹏离婚了,我一点诧异感都没有,但各大媒体把这消息纷纷作为头条。这也反映了人的普遍心理期望与真实事件之间的落差。一时各种评论很多,早晨见朋友微信上转发一则:

王菲离婚,与相不相信爱情没关系,优秀的女人思想独立、物质独立、精神独立,婚姻不是归宿,自由的生活状态才是归宿。至于俗人的爱情,大可不必效仿名人或是道德审判。普通人的婚姻只是生存的工具,很多婚姻,早已经与爱情无关。

我比较赞同这则评论的大多部分。是的,婚姻不再是女人的归宿,但自由的生活状态是怎么个自由法?生活的随意性,还是心灵的自由?如果是前者,那只是在换不同名字的地狱而已,如果是后者,那就不同了,"此心安处是吾乡",心静处才有归宿,归宿与心境有关,如果与处境有关,那么,人就又会失去它,毕竟,外在是最不可把握的。我再不同意的是这则评论提及的一个词——爱情。不知道什么时候起,不太信这个词。茨维塔耶娃说过:我不爱爱情,也不敬重爱情。这是直觉灵敏的诗人最聪慧的觉察，而心理咨询师素黑也说过类似的话：爱情，也许是千古以来最大最吊诡的骗局。另一个走得更深入的胡茵梦在记者采访她时则说：别谈爱情，我相信爱，但不信爱情。

　　为何？因为人类常规所谓的爱情可能才是导你进入爱的第一道门。必须识穿人我曾有多少次把欲望贪婪与占有当作爱情，必须看清人类给爱情里夹杂了多少私货，如此，才有可能了解什么是爱。如果有美好的爱情和婚姻，那也是因为两个人在其中超越了人性的弱点，活出了人性的优点，比如宽容，比如体谅，比如提升与接纳。当我们觉得对方在婚姻或爱情中出了问题，往往也是自己出问题了。因为但凡两者中有一个做好，那种高层次的真正属于爱的东西，就可以唤回对方内心同等品质的爱——因为人人心里有神。

　　当然，这么说并不是说我不提倡离婚，离婚是你的自由，只是换人如同换道场，你换一个人面临的问题还会那么多。即使问题的呈现面不同了，但要解决那些问题，最终还是要回归到你自身，从你对人我的认识，从你对人我的接纳与提升出发。所以，那些说和谁结婚都一样的人颇是高人（如果这话不仅仅出自绝望），那大概是看到问题的永在。因此，剩下的问题往往不是自己和别人的问题，更多是自己和自己的问题。别人提供的那些心理刺激只是一面催化剂，要你发生转化。别人给予的那些伤害往往是一面镜子，要你不断看清自己内心的缺失与黑洞。你遇到的所有问题都在说明，你哪里还做不到，还没做好。因为在任何人我相处的问题上，你都无法要求别人，只能要求自己。也许真相是，我们永远做不到，永远都无法那么完美，那么至少大度一些，接纳自己的不完美，也去接纳别人的不完美。

　　《心经》上说"不垢不净"，我想这句话也可以即是不美不好，只是如实，要你去接受那个人的如实，自己的如实，世界的如实，不要给它添加一点的期望和幻想。爱那个真相，才是爱啊，那些幻想全是自己爱自己（且用错误和痛苦的方式在爱自己），全是看不清。可是，我们多少次为幻想所戏弄。爱情这个词导致的一切，也许就是一次次臆想对人类的最大戏弄。只是，人类诞生了它，所以，事物发展到今天，让我们看清它！

最后，用黑塞的话表达我目前对事物的认识吧：

学会热爱这个世界，不再以某种欲愿与臆想出来的世界、某种虚构的完善的幻想来与之比拟。学会接受这个世界的本来面目，热爱它，以归属于它而心存欣喜！

黑塞这一句，是真正有爱的话。

超越错位

读过这样一个故事：

一个小白兔去钓鱼。第一天，一无所获。第二天，依然如此。第三天，没等到蚯蚓的鱼儿终于愤怒了，从水里蹦出来对小白兔说：你以后再用胡萝卜作诱饵，我就揍死你。

文章最后这样归结：你给的都是你想给的，而不是对方想要的。活在自己世界的付出，不值钱。

还有类似这样的故事：

有一个女孩在家门口发现一条死鱼，她觉得很晦气，就匆匆扔掉。结果第二天又是同样一条死鱼。她再次扔掉。第三天她决定抓住搞恶作剧的人。最后却发现一只猫把自己口中的鱼恋恋不舍地放下。而那，是她曾经救过的一只猫……

这篇文章的寓意比前面那个好：也许你不喜欢，但很多人已经给了你他认为最好的东西，珍惜那些对你好的人。

两则故事都在讲给予与期待的错位。人给的永远和对方期待的有距离，或者人所期待的与别人付出的也存在差距。这几乎是每个人在生活中都不断遇到的问题。有时候，人就是那只愚蠢的小白兔，那只无辜很想报恩的小猫，猜不到鱼儿喜欢的竟是自己脑海里毫无概念的蚯蚓，想不到自己拿出了最心爱之物，结果不被珍惜，当作晦气被扔掉；但有时候人又是那不讲道理气急败坏的鱼儿，是那个不明情理莫名猜测的女孩，差点误解别人，和一份温情爱心擦肩而过。

如何摆脱视野的受限和觉知的迟钝？如何让我们不要在许多彼此明明十分珍惜的关系中，因为错位出现隔膜乃至越走越远？

必须理解的是，这世上极少有人故意与我们为敌。稍微明理的人都知道，人的道路是人，关系不仅是资源，我们人的道路也是借助他人的存在铺垫开拓而成的。所以，很少有人对我们真正心怀恶意，就是有些人在利益面前占了便宜，你若大度，日后也会在某处得到补偿——因为物物有灵。再者就是看到失也是得，因为仔细去辨识人间所有存在，你就会发现尺有所短寸有所长，上帝把人间每样存在都划分得那般均匀相等，谁也没有可能比谁得到得更多，失掉得更少。

知道无物可失，无物可得，知道我们非常亲近的家人朋友更是没可能有那种主观上的故意，那么做事一定有他的原因与为难。知道尽管他言语或行为上可能出现不符合世俗规则或者你认为的价值观，但他依然有他的根由原因，那都在他命运的发展阶段里，都是不合人情但合神理的，你就觉得无可责备。

无可责备，那么小白兔的愤怒和女孩的误解与自己何干——他们也没有认识别人；自己的愚蠢与无知又有什么关系——自己也在成长的道路上。何况，关系也是动态的，如同阴晴不一的天气，它也在更深交融理解的过程中。没有误解和矛盾，事物也就没有发展的动力！

所以，当看不清别人的动机时，请相信一切出于爱，神在护佑着万物的走向；如果得不到你的期待，请明白别人也是受限的，他也没有成长为神！当我们身为鱼儿和那个姑娘，却得到了别人给的胡萝卜和死鱼时，让我们理解小白兔和小猫也是受限的，他们已经给了我们他们心里最为珍贵的东西；当我们是小白兔和小猫时，我们却要尽量知道，对方更期待需要什么。

因为人生说白了不是为他人贡献和付出，而是为我们自己积德做事。所有要求，最终只能向自己提。而我们也不会白白付出，人生的收获是那些肉眼根本看不到的东西，那些我们苦苦攀登累积的智慧，最终只会让我们的人生变得更加幸福轻盈。这和处境、和关系中的对方无关，只和我们自己有关，因为我们最终就是要努力练就那知人识己的视觉，并变得愈加宽容豁达与慈悲，因为这才是道路，而非尘世上终会缥缈的水泥地和耀眼虚无的红地毯！

第四辑　了解的果实

别做自己的敌人

　　以其人之道，还治其人之身，你就成了你的敌人。
　　王朔这话实在说得好。以其人之道，还治其人之身的思想流传几千年，没人觉得不对。王朔他却指出这句话的问题，你以其人之道，还治其人之身，你就成了你的敌人。精准狠的点出，一个人在面对别人的侮辱或反击时，应该怎么做。
　　一次记者问王菲说，某某设计师说窦靖童的头发造型不好，王菲白了一眼回答：他说不好就不好吗？她经常会突然冒出这样雷人的语言来，开始让人微笑后来让人思索。她能成为天后历久不衰，恐怕与她骨子里这种淡定有很大关系。其实往往是这样，别人说什么，与你本身有很大关系吗？他说你的文章写得好，能给你文章添几分色？那赞美的语言不过是撩起和安慰了你的虚荣。他说你的文章写得烂，那也不过是在空气中释放自己的不大快乐，你文章的水准就因此下降吗？你的水准、个头、体重既不会因为谁的赞美增加什么，也不会因为别人的贬低减少什么，别人的干扰散去，你还是你，是原来那个分量，一分白没减一分黑没增。

所以，别人说什么，有那么重要吗？

我们总错把别人都当成敌人，人若把别人选成敌人，那真是既选错了对象又选小了目标。我们每个人真正的敌人都是自己，是我们自己内心那能取出恶的地方。我们的使命就是按住那个出口，让天使多跳舞让魔鬼少探头。别人与别人相互交错，只是虚设给每个人的一盘棋，如何通过自己的聪明才智战胜它才是你要做的事。而这个战胜不是要赢了对方，而是要赢了自己。这个赢你可以认为它是一种言语上的反击和战胜，但层次还比较低。真正的赢恐怕首先是像王朔所说的，别成为你的敌人。其次是懂得很多事情都像唐僧取经之路一样，一切的发生都是为了让唐僧取得真经的磨砺。人若肯把这一路的遭遇都看成对自己修为的增加，那么就没有任何东西可以战胜你了。你输了，也是赢了。因为别人贬低、表扬甚至连沉默，都会增加你，你的心在替自己通过这些事情不断地增加觉醒。这样到头来，你会感谢所有的遇见，因为恰恰是这些事情不断地串联，累积和成就了你的智慧。

面对一件事情的发生，不同的人往往会采取完全不同的处理方式。这不同的原因就是一个人的价值观。是一个人把什么看成对自己的增加。名利？金钱？虚荣？对自己的内省提高？人都会犯错，但时时看内心的自己，时时低头看看在自己身上有没有长出什么恶来，要远比声讨别人责备别人的恶重要得多。而当你没有恶的时候，却被别人以恶泼身，那么你最要紧的是战胜自己心里很想成为你的敌人，去以其人之道反击其人的心，这种克制与忍耐，也是对内在的提高和增加。当你真正能做到，那种幸福感和崇高感会在你心里油然而生，而这，正是上天对所有苦楚最好的安慰。

人的生命宛如一株树，禁止自己长出旁枝错节要远比管别的树长出多少要好。别的树不懂得自我修正，那自有伐木工人等着。可你若不知道纠正自己那些伸向阴暗的枝丫，让自己的每根树枝都向着阳光不断生长，那在你的目光盯向别人的歪斜时，却不知道自己的枝头已经荒草丛生了。

　　所以，让我们时时自省，并不放弃相信每件事都有对人帮助的那种信念，由衷地来感谢别人这面镜子对自己的提醒吧。

善待工作就是善待自己

希腊神话有这样一个故事：有个叫西西弗的国王因触犯天条被判苦役，惩罚就是将一块巨石推向山顶，等石头落下后再周而复始。神话里的隐喻常大有智慧，西西弗的石头其实无处不在……

经常打扫卫生的人一定看到过，在擦完落下、擦完又落下的灰尘中，每个人都能看到西西弗的石头。虽然微尘没有西西弗的石头重，也没有他的大，但在从来都得不到的一劳永逸中，人体会过重复的无奈与沉重。其实，不仅仅是灰尘，还有洗干净又弄脏的衣服、整理好又被搅扰的心情、刚干完又降临的工作，无一不是西西弗的石头。

西西弗大概也抱怨过，就像在很多年前，谁都或多或少对着办公室的工作生厌，甚至期盼能做点更有意义的事。可很多年后我们才知道，意义这个词是由人赋予的。事物是水无色无味，意义是茶，由我们自己加进去。如果放进去的是普洱茶或苦丁茶，水当然苦中带涩；如果放进去的是绿茶，就悦目悦心又悦肺。

生活中从来就没有几件眺望过的大事，都是说重不重说累不累，但

155

会周而复始考验你耐心爱心的小事。小事看似简单，但把简单的事坚持下去却不容易。学生问苏格拉底，怎样成为学识渊博的人。苏格拉底说：我们今天只做一件最简单的事，每个人把胳膊尽量往前甩，然后再尽量往后甩。他示范了一遍说：从今天开始，每天做三百下，大家能做到吗？学生们都笑了：这么简单，有什么做不到？一个月以后苏格拉底问谁在坚持，全班有百分之九十的学生举手。一年以后苏格拉底再问，全班只有一个学生举手，他就是柏拉图。

法国作家加缪曾这样描述西西弗的石头："我想真正的救赎，并不是厮杀后的胜利，而是能在苦难之中找到生的力量和心的安宁。西西弗的石头，是悲惨的源泉，也是重获幸福的踏板。"每一个打扫过卫生的人都能体会到，通过打扫卫生你最终清理了自己内心的杂乱。你当然能享受别人的代劳，但永远无法体会抹布抹过灰尘之后，桌面升起的光洁带来的那种心灵被擦亮的感觉。那种神奇的洁净感就是对劳作之后心灵的奖赏，这也许就是加缪所说的重获幸福的踏板的意思。

不光是屋内的杂物，所有的事你非得把它摆放在最恰当的位置，内心才能得到宁静幸福。你把任何事没处理好，都会变成你和自己关系不好。心理学上不断讲到外物就是你的内心，事物就是另一个自己。我们都体会过帮助别人，觉得自己像天使一样完美的幸福；也体会过刺伤攻击别人，良心的动荡与不能宁静。我们只有体会到万事万物紧紧相连，才能真正善待事物，最后达到善待自己。

善待人是善待自己，善待事是善待自己，善待万物是善待自己，善待工作，当然是善待自己。我渐渐形成了这样一种人生观，来到我生命里的每个人，都是以不同的面孔与方式来引导帮助我的。我生活中遇到的每件事，都是来考验打磨我的。为此，我愿意把办公室打扫得整齐干净，只为八个小时心能惬意置身其中；我愿意对每位同事都微笑以待，他们虽然处事方式和我不同，但都是我的老师，是让我学习到一种思维方式最鲜活生动的教科书；我愿意对每个来办事的群众都认真接待，因为当我置身这种处境，我也会期望接待自己的人懂得尊敬，何况赠人玫瑰手留余香。虽然不总能做到，但在不断要求完善修进自己的过程中，我感受过内心的祥和踏实与安静。而不断地完善自己，把一个最好的自己留给待过的环境活过的世界，也是生命中最值得做的事。

工作是水，我们是茶。我们给其中放入什么样的茶，就决定自己能喝到什么样的水。我们能把自己提升打磨成什么质量的茶，也同样决定水的口感与味道。因为，是我们的品质决定了生活，而不是生活的品质决定了我们。

善待那杯水，就是善待自己。

阅读的乐趣

阅读的一大乐趣是，当发现自己的想法竟和很多大诗人大思想家不谋而合时，内心就会升起一股被肯定的喜悦和勇气。

比如，在我内心中多年来一直有个恍惚的立体坐标存在。我把芸芸众生在尘世上的生活归为坐标横向水平面。我藐视这样的生活，虽自知身为人谁也无法逃脱，但却从小就感觉人为生存所做的许多事情意义不大。在内心，我更向往那个垂直方向的坐标，并认为一个人虽仰仗于那样的生存，但如果无限贪恋那种尘世生活，却无疑在进入地狱。而一旦人超越人群这个水平面，向往仰望，那就是在获得一种超越和高度——拯救一个人的永恒幸福全在那里。甚至，我把思维也在这个坐标上归了类。认为逻辑思维就是在那种水平面上行驶，它永远无法离开地面驶向那种高度，而有一种信仰带来的灵性或者说是直觉思维能力，却可以自如出入各个维度。在垂直方向上走上走下走高走低，更是它的拿手好戏。

这些话也都是本能感觉，偶然提及几句，从没把它当作道理。可最近读《茨维塔耶娃三卷本》，发现茨维塔耶娃也这么认为，她的概括更详细——"生活的水平线和精神的垂直线"。甚至,她所喜爱的老朋友沃尔康斯基在《日常生活与生存意识》中,更是把这种水平理念和垂直理念纳入哲学范畴加以论述,他认为垂直线有极性,而水平线没有极性,偶数属于平行,而奇数属于垂直。甚至说,垂直线穿过头,穿过身躯,这是一条高度线……人的精神探求就沿着这条高度展开。

真有意思,我的感觉得到了印证与肯定。

还有对大自然的感觉。佛家那句"无情说法",第一次听我就明白,因为一直觉得大自然虽不说话,但它暗藏着各种道理。我可以和一棵树一片叶子一只鸟说话。且发觉,每当我向那片叶子在心里招手,用目光说话时,它都好像被风吹动起来。怕人家说我神道道,对此并不敢多说。后来读一些心理学的书才知道,这是我给予它关注的能量,它对我的回答。甚至我在公园里摸一棵棵树,每一种树皮都给我不同的感觉和能量。有一次我看见一棵大银杏树,就跟它说话。我背靠着它说,我腰背总疼,你帮帮我吧,我知道你有能量。然后我靠着它,那一刻甚至感觉四周地都动起来,它真在帮我——也许是心念吧。但是,因为我喜欢大自然,无时无刻不用热爱的眼睛注视它,结果一走进大自然,树叶上就往下掉诗句,云上、风中、鸟声中,还有草坪里,都从虚空中这样给我所喜爱的那些美妙意象。我于是知道了,大自然多么神奇,和它的交流每句都是诗!

我是这么想的,但你看看茨维塔耶娃怎么说。她干脆就认为是"心灵的大自然和大自然的心灵"!当有人问她什么是艺术,她直接就回答:艺术就是大自然!多么清醒觉知的心灵!而我突然间也明白了,为什么年少时看诗歌,最烦一翻开诗集没一句人事,全是山水草树话。现在才明白了,诗之所以只说大自然,因为大自然是半遮半掩的真理,是天然的教科书。而那些绘画音乐写作的艺术工作者,不过通过观察它获得神的启示,聆听它获得某种天籁之音啊。

太有意思了，茨维塔耶娃又一次和我一样。

更有意思的是，我看到茨维塔耶娃曾把诗人分为"有历史感的诗人"和"纯抒情诗人"，她说，谁会成为哪种诗人那是娘胎里带出来的。她把莱蒙托夫、阿赫玛托娃、曼德尔施塔姆、帕斯捷尔纳克都归为"纯抒情诗人"，把歌德，普希金归为"有历史感的诗人"。她说，我们要对有历史感的诗人说：继续向前！对纯抒情的诗人说：下潜得更深！对前者说：继续！对后者说：再来一次！

茨维塔耶娃这些观念，让我想起王国维在《人间词话》中的理论："客观之诗人不可不多阅世，阅世越深则材料越丰富、越变化，《水浒传》《红楼梦》之作者是也。主观之诗人不必多阅世，阅世越浅则性情越真，李后主是也。"

这客观之诗人不正是茨维塔耶娃所谓的"有历史感的诗人"，而主观之诗人不正是"纯抒情诗人"吗？王国维对前者说的"阅世越深则材料越丰富、越变化"和茨维塔耶娃所说的"向前，继续向前"不正是一个意思吗？而"下潜得更深"，也就是保持自我本真，在自我觉察的道路上更加深入。你看，相隔遥遥的两个人表达不同，对事物的理解则完全相同。就像真理就在那里放着，每个人的潜意识完全能看见也知道一样。

洞察到这些时，突觉到有句诗在暗处，带着自信的微笑对我眨了一下眼：每个人都是一扇半开的门，通往一间共有的房间。

天才之恶

买了本萨特的《波德莱尔》，看到一句话："人对他为自己所做的自由选择，与所谓的命运绝对等同。"

千算万算的人以为做了自由选择，却与命运的安排不谋而合，或者说，当人自作聪明灵机一动时，就已经上了上帝的当。这不禁让人沮丧。可问题在于，波德莱尔为什么还要以罪犯和诗人自夸，他为什么要为自己选择罪犯这重身份？

太多艺术家做荒诞不经的事，成为众矢之的。如果说顾城杀妻是不由自主地情绪走火，而波德莱尔整天跟肮脏妓女泡在一起，给自己染一身病，还以罪犯自居，却出自他的自由行。而他的弟子魏尔伦和兰波的故事也是要多离谱有多离谱，还有那个王尔德等全都是。在这些人身上，仿佛魔鬼与天使的活动格外频繁，发生火山地震是常有的事。我们要怎么理解这些人身上这些"罪恶"的地壳运动？

也许陀思妥耶夫斯基看得最为深刻："人分为普通人和非凡人。第一类应该生活在群众中，他们没有权力违背法律，既然他们是一些普通人。

第二类有权力犯各种罪行，践踏各种法律，唯一的理由就是，他们是非凡的人。""非凡人有权允许自己的意识超越某些障碍，但这只是为实现自己的思想所必需的，而这个思想可能对整个的人类有益。""人类所有的立法者和引路人——从最古老的那些人开始——都毫无例外地是罪犯，因为制定新的法令的时候，他们践踏了那些由社会忠实地遵守、由祖先代代相传的旧法令。"

而布莱克对活力的赞赏，其实也包含同样的肯定："对狮子和牛实行同一法律，就是压迫"，"活力是唯一的生命，活力是永恒的快乐"，"狮子的咆哮，狼的嗥叫，大海的怒吼，毁灭性的利剑，是永恒的巨大块垒，大得人眼是看不到的"。

甚至，布莱克《地狱箴言》还一再说明恶必须存在的原因："没有对立，就没有进步：吸引力与排斥力，理智与活力，爱与恨，对人的存在都是同样必不可少的"，"大地上现在和将来永远都有这两种对立倾向，它们互相为敌。试图将它们调和，就是企图摧毁人类的存在。"

陀思妥耶夫斯基和布莱克的话有个前提，他们都站在永恒的角度上看问题。也就是他们不认为死是生命的终结，生命只是永生中的一段，死也只是一个转身，必须这样拉长看，才能理解他们的意思。如果非要就着人生这短短一段来说话，来理解事物，那就是"夏虫不可语冰"。因为很多事站在人有限的认知上不可理解，假如你信有神有永恒，一切不可理解的自然就可以理解了。或者说，宇宙间没有偶然，无论是地球上的地壳运动还是人身上的地壳运动，都是神作。

即使这么想，一个个突兀的现实个案还是会让人难以接受。就像我，每每接受，也要好久才能把被惊诧顶起的嘴巴合拢。不光是这些个性的艺术家，就像有时遇到他们的天人之论。第一次遇到那句"上升和下降是同一条道路"，尽管一见到这句话我就被震住了，一下便知道它是对的，这样才对，才有重合团聚，才回到那个最原始的点，可接受它我费了很大劲，尽管很多时候需要这句话站出来时，我都选择能躲就躲。因为那句话开脱了所有罪恶，颠覆了人对地狱的所有想象和理解。甚至，把基督教那套全驳斥了。

真正的恶是不存在的，就像真正的死亡是不存在的。如果从永恒的角度看，就会理解尼采为什么最后选择站在善恶彼岸。就知道，恶还不仅仅是纪伯伦口中那种饥饿的善，恶更是《浮士德》里魔鬼梅菲斯特向浮士德介绍自己给自己下的那个定义：

我是那力量的一部分，它永远愿望着恶而永远创造了善。

"它永远愿望着恶而永远创造了善"，把一切的恶最终引向善，这才证明了上帝的万能。而基督教里那个上帝不过是人造的上帝，有很多有限的地方。

——这正是歌德的伟大，他能看得这等深远！

理解了这些终极问题，也就知道萨特为什么那么说波德莱尔：在波德莱尔的一生中只看到"厄运"是不对的。归根结底，他的一生具有最崇高意义上的神话的性质，以致这个神话的主人会成为这样一个人。在他身上，宿命与他的意志齐心协力，而且他似乎还迫使命运为他制作雕像。

我们这些庸众会消失，但这些甘为永恒驱使的雕像们永存。

对邻人之爱的最高完美性

　　昨天下午在万邦，看见克尔凯郭尔一本《基督徒的激情》，被一段话一下抓住了。想起前几天看他的日记，不知是翻译缘故，还是怎么着，看得脑袋发蒙。以致连那本《恐惧与颤栗》看都没看，就准备打回图书馆。但这本《基督徒的激情》，却十分想拥有。2007年印刷的书，书店只剩下一本了。折叠得有些脏，也有些泛旧。还正价呢，就先到图书馆去找。图书馆是有这本《基督徒的激情》的，却不知道被谁拿去了，书架上没找见。只好又回到万邦，再次买了这本书。

　　我买这本书的原因完全是因为翻到克尔凯郭尔的一段话。那句"要爱邻人如爱你自己"都听烂了，但从来没有听出克尔凯郭尔这层意思。克尔凯郭尔的意思在我理解，大意如此：你爱一样完美的东西，那不是完美的爱。那更像是一种不好的东西想要借助好的东西帮衬一下。而你能爱一样并不完美的事物，则意味着爱的完美。克尔凯郭尔说邻人之爱，而我觉得，一切的爱，最终都要借助并以这种最完美的爱为基础才能存活，因为世间实在没有完美的人，在每个人显出不完美一面之时，都将是邻人。

这意思被理清楚，顿时豁然开朗。仿佛增添了某种自信，或认识到之前的愚钝。概念就这么搅在一起，被理清楚多难啊。克尔凯郭尔这句一出来，你的心马上认识到，对，就这么回事，这样才是对的。可在心里，从小到大，它们是怎么样被搅在一起的啊，良莠不齐，难以明了。以致就那么浑浑噩噩还不自觉地过着，直到遇到这句话，你才得遇光明，顷刻被点醒。

短暂一生里，我们能弄清楚多少问题？就如同克尔凯郭尔这样厉害的哲学家，他们每个人穷尽一生，也只解决了人类所困惑的一丁点问题。可就是被他觉知的那一丁点，像星光一样，为黑夜中的眼睛带来光明。而我呢，穷其一生，可以了知多少混沌？解决多少无明？太少了。所以，我信有生生世世的轮回。我信，在这无尽的轮回中，人都像火中铁一样地被打磨着，直到某一天意识苏醒，得以成钢，才能脱离这种不明不醒的梦游生活。

在这样的天路面前，生活里很多琐碎又算什么？只是给人演戏的道具，要人猜出谜底的谜面。

且这样一点点理吧，也算为某个顿悟的火候，做些添柴加火的工作。如果这一世不行，还有来世，还有生生世世。总有一世，可得功德圆满吧。

克尔凯郭尔的描述：

对邻人的爱具有永恒的一切完美性。如果爱的对象是完美的、杰出的和唯一的，那么在这种爱中还会有完美性吗？我想，这是对象的完美，而对象的完美性就像是对爱的完美性的尖刻怀疑。如果只能爱非凡的和少有的，那么这是你爱的优点吗？我想，如果这是非凡的和少有的，那么这是非凡的和少有的所具备的优点，不是你的爱的优点。你同意这种观点吗？你从未思考过上帝的爱吗？

165

如果爱非凡的就是爱的优点，那么，如果我可以这样说的话，上帝就陷入尴尬之中；因为对他来说，根本就不存在非凡的。因此，人类只能爱非凡的这种优点，不如说是一种谴责——不是针对非凡的，也不是针对爱本身，而是针对只能爱非凡的这种爱。或者这大概是人养尊处优的状态的特点。即人只有在世上让人感到一切很舒适的唯一地方才会觉得舒服？如果你看见一个如此安排自己生活的人，——你将赞美什么呢？大概是这种安排的舒适吧。你不觉得，你对这些好事的每一句颂词，实质上都像是对一个只能生活在这种美妙环境中的可怜的人的讽刺吗？

所以，完美性的对象不是爱的完美性，正是因为邻人不具备恋人、朋友、被颂扬者、有教养的人、少有的人和非凡的人所具有的如此高度的完美性——正因为如此，对邻人的爱才具备对恋人、朋友、被颂扬者、有教养的人，少有的人和非凡的人的爱所显示出的一切完美性。随世人怎么去争论哪些爱的对象是最完美的吧——永远不会有对爱邻人是最完美的爱这种事实的争论。因为，一切其他的爱都同时具有不完美性，这里有双重的问题，也有双重性意义：人们首先问对象，其次是问爱。或者问题同时针对两者，针对对象也针对爱，但在对邻人的爱之中则只考虑一点，爱，永恒性在这里有唯一的答案；这就是爱；因为爱与邻人的关系不同于爱与其他种爱的关系。自然的爱和友谊是由对象来确定的，只有对邻人的爱才由爱来确定，因为每个人——绝对地使每个人——都是邻人，因此对象的所有特殊性都取消了，这样，这种爱恰恰表现为其对象缺乏更为贴近的任何特殊性规定——这就是说，爱邻人只表现为爱。这不就是最高的完美性吗？

我读特兰斯特罗默

午休时拿起《特兰斯特罗默诗选》，读到前言所选一首，就读停了。

再次确认内心那种想法，有些诗读着再怎么着好，都是小诗，但有些诗它似乎一下写到极致，步入经典行列。比如策兰，比如特兰斯特罗默的诗，那么神奇新颖。且看这首《路上的秘密》：

  日光洒在沉睡者的脸上
  他的梦变得更加生动
  但没有醒

  黑暗洒在行人的脸上他走在人群里
  走在太阳强烈急躁的光束里
  天空好像被暴雨涂黑

  我站在一间容纳所有瞬息的屋里——

一座蝴蝶博物馆

但太阳又像刚才那样强大
它急躁的笔涂抹着世界

这首诗读一遍没啥感觉，你要读第二遍。读第二遍你似乎还感觉不深刻，你再去体会第三遍。三遍品味之后，你甚至越体会越诧异，他怎么能歪着脑袋那样想，他怎么能有那种美妙的感觉和体会，能想出"黑暗落在一个行人的脸上""我站在一间容纳所有瞬息的屋里"这样的句子？

读一遍比上一遍安静，想一次比上一次澄澈。到最后就读静止了，久久停留在文字描摹的画面前，不能动弹。好诗就能让你静下来，仿佛掉入时空隧道的最低处，人变得不能动，唯有心动。然后看心之手在最深静处，像琢磨一块上等翡翠一样，慢慢把玩抚摸那一行行字句。而那名贵的字句闪烁着独有的光，把漆黑周遭一下变得欣喜明亮。

读这样的诗，你甚至怀疑自己平日文字是不是流速过快，是不是该慢些再慢些，一百句凝成一句表达，再去看文字的力度和分量？是不是应该养成一种更缓慢的生活，更深入细致地观察和浸入，好能有作者那么一寸眼光？

我就如此。读到这首赶紧把书合上。因为知道，特兰斯特罗默活到八十几岁，用一生只写了160首诗。北岛去拜访他，他告诉北岛，这个夏天只写了两首诗。可他一提笔就落下高品质的作品。他用了一生来那么认真投入地写，我也该用同等耐心，并用同等的时光去缓慢阅读。因为对于这样的作者和作品，读快了简直是罪过。

应该把这意象美妙的诗都记下来，好不辜负作者当时对着生活长久的观望注视。应该好好去体察他心思当时的曲线和文字落下的弧度。然后想，如果自己也模仿着歪成同等微弯的姿势，会不会有光线从某处滑落，也给自己一个同等奇妙切入事物的角度？

　　只有读这样的诗你会想去写诗。因为他引发你的好奇点燃你的诗意。要一本诗集翻完，竟然连一首诗都不想写，或写不出来，那这本诗集可真烂透了。因为好诗，是有功力把你的心思送到九霄云外，让你到诗的世界里摘点零星花草带回家的。

读书与生活

一

周末读完了《特兰斯特罗默全集》。几百页三天就能读完的书，我历时半年。只因读与思的停顿太久，需要更多空白，来消化他六十多年心血凝缩。很感慨，读他的诗集我写了将近三十首诗。每当他那种神奇的意象把我送到半空，我就回不来，驻足在虚空的白纸上又画又涂。

完毕后随手拿起新买的《尼采诗集》开始阅读，原本我很喜欢尼采的一首诗：

> 注定走向星的轨道上面，
> 星啊，黑暗跟你有什么相干？
> 欢乐地穿过这时代行驶！
> 愿它的悲伤跟你无关而远离！

你的光辉属于极远的世界，

对于你，同情同情也算是犯罪！

你只遵守一诫：

保持纯洁！

但特兰斯特罗默的诗艺太精湛了，跟他比起来，尼采的思想损害了诗意，使诗变得生硬。而我以为，好诗就像大自然，真是"有成理而不说"，或用隐喻在说。尽管尼采的哲学是诗性哲学，但单纯从诗的角度来看他的诗，又跟一辈子写了一百多首的特兰斯特罗默的作品无法相提并论。

合上《尼采诗集》，我想起特兰斯特罗默跟火苗一样在风中跳跃的白发，想他后期诗作越来越经典，却突然病得再也不能写诗，连自己的自传都没有写完。他每天坐在海边望着看着，内心该涌起多少感受与细节，却不能告诉人们。那些声音就像教堂里的钟声一样，在他内心响起，被胸膛吸收，甚至声音越来越多，越来越杂，但是他却没有消化这些的渠道。对于一个诗人，他需要多么空旷的孤独才能承受这些？

我怜惜他。要是我，非疯不可。当然，如果我也写到特兰斯特罗默那水平，可能也就能忍受以后的不能写。至少，一个诗人不能代替上帝把话传完——这样别人还怎么活？

但还是喜爱他，认为他应该再写，那么好的诗，留得应该再多点。

二

扔了《尼采诗集》，昨天拿去《茨维塔耶娃创作生活三卷本》第一本开始阅读。上次我扔掉了这书，就像扔掉《灵心小史》一样。因为作者早期的思想和作品都比较幼稚。不过，重新捡起，再次证明了我的正确。

《灵心小史》后半部分越写越好。《茨维塔耶娃创作生活三卷本》也是，第一册我看了一半就有点爱不释手，要不想着今天要上班，肯定连夜把第一本读完了。

忘不掉茨维塔耶娃和女儿的对话。

女儿问：玛丽娜，什么叫深渊？

深渊就是深不见底的意思。

啊，那我知道了，深渊就是天空。因为天空怎么看都看不见底。

天哪，多么好的感觉，真是有其母必有其女！

早晨起来，整理前几天写的诗，去园子里散步。觉得日子安详得像掉进井底。不需要和人来往，就是读书写作，晒太阳，和花草树木、云朵蓝天说话。没有任何物质和外在欲望，偶然想起，就是他的声音。

想起昨晚我躺着看茨维塔耶娃的书时，一边看一边用笔画，他看见说：

出版商应该直接给书下印条黑线！

为什么，这样我不是就画不成重点了吗？

既然能印，就都是重点啊！你能说你身上哪部分不是重点？我觉得你眼睛是重点，可以不可以用签字笔画一道，然后旁边也批阅个"好"字？

被他逗乐了，这人被我培养得越来越能给我提供很多奇思妙想。而且他的表达力比我强。

前几天开车等红灯，我见一女孩男孩牵手经过，对他说：

看，外面刮着秋风，那女孩笑容里却吹出春风！

他不语，我就盯着他打趣：

你的脸上却刮着黄土高原的西北风！

他沉思片刻还击：总比你好吧，是美国的飓风，直接把高山夷为平

地了!（这话意是笑我鼻梁不够高）

每每他这样说时，我内心都一阵欢笑。多感激并越来越喜爱这个人啊，他已经和我的生命长在一起，如果将来死亡把这些可爱的瞬间剥夺，我肯定顷刻就死掉了。

三

写到这里突然想起，就因为总躺着读书，拿着签字笔乱在书上画，搞得家里被子枕头上都是墨痕，洗都洗不掉。但这些点滴，想起来多么幸福啊，至少我可以有那么多时间一直做自己喜爱的事，这就是莫大的幸福。

最后分享一句尼采语录：

> 我一天比一天更看清楚了我们所有教育和教养的通病：没有人学习，没有人教授，没有人希望忍受孤独。

苏格拉底的情商

　　苏格拉底智商之高众所周知，但苏格拉底情商之高，所知者也许不多。

　　说起苏格拉底，人们难免想起他那个太太。更甚者认为苏格拉底成为哲学家，与娶了个泼妇不无关系。这，真是天大的谬传与误解。

　　苏格拉底那位被称作泼妇的妻子叫桑蒂普，是苏格拉底的第二任妻子。她是苏格拉底的学生，是位比苏格拉底小三十一岁的大美女。历史上，苏格拉底和桑蒂普其实是一对非常幸福的夫妻。

　　桑蒂普的父亲对年轻漂亮的女儿嫁给这样一个过着穷苦生活的老头十分不满生气："他什么事都不做，只会耍嘴皮子，连一双鞋都没有，就像叫花子一样，你跟他一起生活，不是为了一起饿肚皮？"

　　但桑蒂普为苏格拉底的内在之光所吸引，依然追随着他。对于桑蒂普能看上苏格拉底，连苏格拉底的学生都十分惊讶，他们追问苏格拉底追到年轻漂亮女孩的秘诀，苏格拉底老实回答："唉，我实在没有工夫研究这个问题，我只是专心致志做自己的事。"柏拉图不信，继续穷追不舍:"这么漂亮的姑娘,你不追她,她怎么会爱上你?"你知道苏格拉底怎样回答?他抬头仰望天空,说:"请看看天上的月亮吧,你越是拼命追她,她越不让你追上。而当你一心一意地赶自己的路时,她却会紧紧跟着你。"

由于苏格拉底过于轻视物质,既不从政也不理家事,每天只穿着破长袍和披风,光着脚到外面找人提问辩论,照他的话说就是"按照神的意识去考察人们的智慧,并指明人实际上还是处于无知状态中",桑蒂普只好自己承担起挣钱养家的重任。有次钱光了,面粉完了,油没有了,桑蒂普就生气地在屋子里大喊大骂起来:"连奴隶也受不了这样的日子,我们连最坏的东西都没得吃了!"

那时苏格拉底正和学生讨论学术问题,没有理睬。一气之下,桑蒂普提着一桶凉水就朝苏格拉底泼来,苏格拉底瞬间成了落汤鸡。学生十分尴尬,顿时不知所措。谁料苏格拉底咧着他的厚嘴唇诙谐地对着学生笑起来,他居然说:"我早知道雷鸣之后,免不了要跟着下雨!"学生笑了。随后又对此不解:你能教化我们,为什么不能教化师母?苏格拉底回答:"如果我能容忍她,那世界上还有什么不能容忍呢?"

其实苏格拉底只是没好意思表达,他和桑蒂普非常相爱。苏格拉底入狱后,不少学生都准备好搭救苏格拉底离开,苏格拉底却决定为践行自己的哲学观点而死。桑蒂普这次表现出和丈夫根基处的一致与懂得,她没有想规劝和改变丈夫的决定。她去探望苏格拉底前,在悲伤中把自己收拾得大方又得体,仿佛要丈夫记住自己美丽的一面。当狱卒显出轻慢时,她大喊:"他是我的!"然后就像丈夫总是神圣地面对着太阳那样,扬起自己的头对太阳说:"我的丈夫,是个伟大而智慧的人!"

在苏格拉底眼里,妻子是一匹可爱执拗、桀骜不驯的小马。他爱着她的一切。临行前他对儿子说,对妈妈要和气。然后把妻子一缕飘散下来的头发用手拢好,放回原处,对妻子说:"你知道我们是彼此相爱的,当你对我唠叨时，我的心里甚至会好受点，我甚至乐意听你唠叨……"

这才是苏格拉底和妻子生活的真相。苏格拉底用他的智慧和人格力量，给了桑蒂普心灵的居所。这也是桑蒂普不嫌贫穷，一生追随他的真正原因。

苏格拉底不仅在和妻子的交往中显出自己过人的情商，在其他地方，他内在也熠熠发光。

古希腊当时非常流行同性恋，很多男子都爱慕苏格拉底的智慧。有个叫阿尔西比亚德的少年，被苏格拉底在战场上救过，他也为苏格拉底的洞见所吸引，想要靠近苏格拉底。有一次他这样向苏格拉底表白："您最适合做我的爱人了，但您总是犹豫不决，不肯把所想的事告诉我，对我来说，没有比成为更为完美的人更重要的了，只有您才是最适合成为支持我的人。"

面对美少年的献身，我们伟大可爱的苏格拉底再次以他过人的智慧开导了对方："亲爱的阿尔西比亚德啊，你真不傻。如果你刚说的是真实的话，而我又真能帮助你，使你的灵魂纯洁，那么我心中一定存有神奇的力量，使你发觉到有比你美貌还要高贵的美。你一直打算用你外在的美换取我内在的美。还不仅如此，你要用毫无价值的美换取真实的美，就好像用青铜换取黄金一样。但是你要仔细考虑，你不是已经看见了吗，我并没有什么与常人不同的地方；在肉眼看不见时，人心里的眼睛才会睁开。可你离这样的境地，还很远呢！"

这就是无愧于西方哲学的奠基者苏格拉底，一个把整个古希腊哲学书写成前苏格拉底时代和后苏格拉底时代的圣者。他以一番精湛的洞见，开启了少年的内心，拨开了少年的迷障，不仅没使少年伤心，还使他成为他毕生的仰慕追随者。

柏拉图后来把大师和这位希腊美少年之间的爱，总结为柏拉图之恋。苏格拉底的看法可作为柏拉图能够认可并建立这一学说的根基：人对肉欲的追求，是极其错误的。那就像毒蜘蛛与人接吻，会使人感到极大的痛苦，以致失去知觉。

前不久刚去世的苹果总裁乔布斯说：我愿意用我所有的发明，来换取和苏格拉底共处一个下午。

那样一个下午，我比乔布斯更加羡慕和向往。

悲怆的王尔德

伟大的人物总是充满危险。但伟人之所以伟大，就在于他比普通人更忠实更能追随自己的本性，例如王尔德。

牛津大学毕业的高才生王尔德，出身高贵，三十岁便名满天下，他自己也骄傲地写道："上帝几乎将所有的东西都赐给了我。我有天才、名声、社会地位、才气，并富于挑战知识。我让艺术成为一种哲学，让哲学成为一种艺术。我改变了人们的心灵与事物的色彩，我的一言一行无不让人费思猜疑。"

这样的天之骄子，你不知他还缺什么。但充满探索精神的艺术家总会把艺术当作最高真实，而把生活当作探索真理的渠道，王尔德也不例外。他说："我掌握着整个世界，却不了解我自己。"为此，他只把自己的才华留给作品，却把自己的天才留给探索。他着装时尚怪异，处事特立独行，让整个伦敦社交界为之瞩目。到最后，上升得太高，他甚至开始寻求坠落。一个叫罗比的少年诱惑了王尔德，把他引入同性恋的圈子，王尔德便爱上一个叫波西的少年。深深为希腊文化着迷的王尔德即使在法庭上为自己辩护时，也不认为这样的感情有什么不妥："它是美的，是优雅的，是最为崇高的感情。只要年长者拥有才智，而青年又拥有生命的欢欣与希望，它就不断地在年长者和青年间存在着。"

当时英国社会新旧风尚冲突激烈，王尔德的激进作风很快成为这场冲突的牺牲品。波西的父亲因波西与王尔德交往而父子不和，公然斥责王尔德是好男色者。王尔德上诉告侯爵败坏他的名誉，结果自己反而因"有伤风化罪"入狱两年。

故事不复杂，可稍微了解细节就让人为王尔德不值。波西生活奢靡，挥霍无度，丢失王尔德给他的信让王尔德遭人敲诈，做事不替王尔德的声誉着想，他虽然也深爱王尔德，却不懂呵护处理爱的关系，最终导致王尔德身败名裂，破产入狱，失掉妻子孩子和房子，以及出版权和演出权。王尔德的母亲因此病逝，王尔德失去了一生所有名贵珍藏和精神财富：伯恩·琼斯、韦斯勒、西米恩·所罗门的画，各种瓷器、藏书，还有当时世界上几乎每个诗人作品的赠阅本：从雨果到惠特曼，斯温伯恩到马拉美，莫里斯到魏尔伦……

进监狱后连本书都读不上的王尔德想起这些简直痛不欲生，他想到死却没有死成。他又想着出狱当天便自杀，他这样描写当时的心境："没死成我决定活下去，但打算这样活——要像君王坐在宝座上那样，坐定愁城，永远不再微笑。不管进哪家房子都要让那一家变得像刚死了人似的，不管哪个朋友跟我走到一起都要愁冗冗的举步维艰。"

王尔德到底没有那样做。就像他原本可以把官司换一种方式来处理，把那些证人甚至波西送进监狱，但良知让他做不到。他认为如果通过那种手段使自己获判无罪，对他将是永生的折磨。可坐在监狱里，体验着灿烂生活的废墟，他一样肝胆俱裂。但王尔德之所以伟大，之所以震撼人心的地方，就在于他能够认识到："必须带着爱，必须为自己的灵魂把爱带进监狱。否则，一个仇恨的人生就已经被自己毁掉了！因为仇恨，以心智论是永恒的否定,以感情论是萎缩退化的一种形式。它消灭一切,除了它自己!"

他只能给出宽恕。为此,他给那个不懂事的波西写信。他反思自己反思对方,"我们之间坎坷不幸、令人痛心疾首的友谊,已经以我的身败名裂而告终,但那段久远的情意却常在记忆中伴随着我。一想到自己内心曾经盛着爱的地方,就要永远让憎恨和苦涩、轻蔑和屈辱所占据,我就会感到深深的悲哀"。在反思里,王尔德也看到,因为修养的高低,因为年龄的差距,少年处处配不上他的爱!但他又深知,"爱不在市场上交易,也不用小贩的秤来称量。爱的欢乐,一如心智的欢乐,在于感受自身的存活。爱的目的是去爱,不多,也不少。你是我的敌人,我从来没有遇到过像你这样的敌人。不到三年时间里,你把我完完全全毁了。可是,为了我自己的缘故,我别无选择,唯有爱你。我知道,假如让自己恨你的话,那在'活着'这一片我过去要,现在仍然要跋涉的沙漠之中,每一块岩石都将失去它的阴影,每一株棕榈都要枯萎,每一眼泉水都将从源头变为毒水"!

恶大莫过于肤浅,无论什么,领悟便是。然而那个肤浅的少年领悟到什么呢?他拿着王尔德的信四处发表,又打算把自己的新诗集题赠给王尔德。王尔德期待他片言只语的信他不曾写过。王尔德一边轻蔑一边原谅,因为王尔德明白,他必须使发生在他身上的一切对自己有益,否则,苦难就白受了!他必须使对肉体的每一丁点下降,都设法把它变成自己灵魂的精神升华。他必须将加诸于他的一切苦难吸收进心性,使它成为自己的一部分。他要将属于个人的罪愆,化为生命的滋养,以及属灵的精神体验。这是一个被逼到命运最低处学会了谦卑的人,能为自己的灵魂所做的最有价值最有益处的事,否则,便可能活不下去!

一个道理,人可以片刻间顿然领悟,却又在沉甸甸的监狱后半夜失去。要守住灵魂所能登上的高峰,谈何容易。于是王尔德每天都鼓励自己："如果带着恨，那我的灵魂怎么办？如果不把爱带进监狱，我的一天怎么过？"正因为内心盛满爱，王尔德能读出最遥远的星辰上的字。他看到自己过去对贫穷苦难的拒绝："我犯的唯一错误，是把自己局限在那些自以为是长在园子向阳一面的树当中，避开另一边的幽幽暗影。"他看出世界之所以悲深苦重，唯一的原因是某种爱："万象由悲怆建造，那造出这一切的是爱的双手。因为没有别的途径，能让万象为之所设的人的灵魂达到至善至美的境界。痛快享乐，是为了美好的肉体；而痛苦伤心，则是为了更加美好的灵魂。"他看出无论波西如何，他哪怕是为了他自己都必须原谅他："我写这封信，不是要让你心生怨怼，而是要摘除自己心中的芥蒂。为了自己，我必须饶恕你。一个人不能永远在胸中养着一条毒蛇，不能夜夜起身，在灵魂的园子里栽种荆棘！"甚至，他能说这样的话："你毁了一个像我这样的人，但我不能让你心头压着这负担过一辈子。这负担可能会使你变得麻木冷酷，或者凄凄惨惨。我必须把这重负从你心头举起，放上我的肩头。"

监狱那种狭窄屈辱的环境逼压着人的肉体，但同时也会调动唤醒一个人沉睡的精神，使之更加清醒地面对苦难。"注目于悲怆的神殿，脸朝美的门"，在监狱里王尔德做到了。他那本《自深深处》只要人类社会存在着，那种震撼人心的灵魂反思就会永存，王尔德那瞬间的伟大人格就会永存，他留给人类那种有力量的声音就永存：没有人能毁了你，除了你自己！

但人性却是异常复杂且软弱的。出狱后王尔德的家人已经接纳了他，波西一封信使得他又放弃了自己的孩子，去和波西相见。三个月后两人彻底分离。那部演王尔德的电影《心太羁》演到此，音乐消失，字幕上打出王尔德的一句话："人生有两大悲剧，一种是得不到，一种是得到，后者比前者更可悲。"

年仅四十七岁的王尔德终因贫穷病死在法国一家小旅馆里，他死后多年，那个当年诱惑他走上同性恋道路的少年罗比去世，要求与王尔德同葬。罗比一生挚爱着王尔德。在法庭审判王尔德，所有人指骂唾弃王尔德时，他站在那里向王尔德脱帽致敬，给予王尔德唯一的精神支持。在王尔德进监狱后，他一直给王尔德写信寄书，又是他在王尔德出狱后，照顾着王尔德的生活。他甚至向王尔德的母亲忏悔，说如果不是因为自己，是不是王尔德就不会走上这条不归路。王尔德十分珍爱罗比，他一直记得自己最悲惨的那天，罗比在凄凉的过道上向自己脱帽致敬，让人群鸦雀无声的一幕："正是因为这种爱，圣人会跪下给穷人洗脚，会俯身亲吻麻风病人的脸颊。这种行为是无法在形式上以话语道谢的，我将把它存在内心的宝库里。那小小的、谦卑的、无声的爱之举动，想起它，就为我开启了所有怜悯的源泉：让沙漠如玫瑰盛放，带我脱离囚牢的孤单与苦痛。"

但王尔德给予罗比的爱始终是友爱而不是情爱。王尔德终生都爱着那个毁灭了自己生活的少年波西。当然，谁也无权责备王尔德，爱更是一个人在受天命的引导。因为上帝绝不理睬一个人的现实生活，他只看哪种方式更利于救赎一个人的灵魂。所以从某种程度上讲，没有谁的人生能躲过苦难的淬炼，除非是被上帝遗忘了。王尔德去世前，要求天主教的神父为他受洗，这再次证明了，虽然身处阴沟，他始终是那在阴沟里仰望星空的人。

> 从未就着悲苦吃过面包，
> 从未在夜半时分饮泣，
> 痛哭着苦等明朝，
> 就不懂得啊，你在天的神力。

过少年得志的全糖生活时，王尔德不懂母亲从前为什么总念歌德的这几句诗，并且告诉他，这是尊贵的普鲁士王后在被拿破仑百般苛待时，在羞辱和流放中经常引用的。但上帝最终让王尔德懂了，并从心灵上归顺了他。上帝最终要每个人都懂得，因为那苦难重重中伸向上帝的泪和手，是所有生命的真实处境与唯一去路。

爱的最高完美性

没有神性的人很可悲，获救之途于这些瞎子不可想象。但拥有神性的人因其局限，也未必能在救赎之路上走多远。即使人们烂读《圣经》，却往往读不到言外之意字下之字。如这句"要像爱自己一样地去爱邻人"，千古以来像皮球一样被人们踢来踢去，都快成了挂在嘴边抬高身价暗自利己的横幅。人们最多意识到这话提出的希望——爱人如己，也看到这里包含的前提——每个人实际都最爱自己，只有克尔凯郭尔把这句话一脚踢上天，让人一眼看到那皮球划出的弧度上凸显的神意——即，这里包含着爱的最高完美性。

对邻人之爱的最高完美性我之前写过，就是读到克尔凯郭尔提出的质疑："如果要求爱的对象是优秀杰出的，那是你爱的完美吗？"他指出，"完美性的对象是对象本身的完美，而不是爱的完美，爱不完美的事物，这才是爱的完美。"发觉在习以为常的接受习惯中，克尔凯郭尔厘清了这么重要的问题，我当即买下了这本《基督徒的激情》。书放在枕边一直看得很慢，反复翻阅。早晨再翻读这段，发觉自己竟把后半部分更重要的没弄清，而当再次读懂时，我激动得从床上跳下来，一下蹦到电脑前。

克尔凯郭尔在否定了爱完美的事物的完美性后，他马上指出："对邻人的爱具有对恋人、朋友、亲人、那些杰出的人的爱所没有的完美性。因为前者首先指向对象，其次再向爱。而对邻人的爱则只考虑爱。人们其余部分的爱是由对象决定的，但对邻人的爱由爱来确定。"然后，他竟然又道："因为每个人——绝对地是每个人——都是邻人，因此对象的所有特殊性全都取消了，这就是说，爱邻人只表现为爱。"

这难道不就是爱的最高完美性吗？

他太智慧了。虽然我逻辑思维一塌糊涂，但他理得我于没问题中看出了重大问题，于没有逻辑思维中看到了头脑中的田垄。

取消了对象的所有特殊性！这点，太厉害了！这等于取消了世俗自以为是的情感分类，或者只剩下了爱情，而这个爱情更不是人们所说的狭爱，是对所有人的大爱，是化而为之地对邻人的爱！

第一段话，克尔凯郭尔说得多么棒！你爱一样完美事物，那不是完美的爱，那更像一种不美的人想要借助美人帮衬遮掩一下自己的丑。而你能爱一样并不完美的事物，则意味着爱的完美。接着，他又层层深入批驳，最后指出爱的最高完美性。这世间的确没有完美的人，在每个人显出不完美面之时都将是邻人，当取消了对象的特殊性这层千古赋予的虚假概念后，还剩下什么？

——我只感觉到小溪入河，河流入江，江流归海，而海深深地容纳着自己的咆哮、激流、岛屿，仰望着蓝天，头枕着神一样宁静的蓝，再无渴望与话语，平静地抵达永恒！

取消了对象的完美性，突然觉得自己潜在的认识是对的。我曾经自语，爱情是一道空门，带领人走向神。现在看，所有人类所描述的爱情都像一个田野上的小牌楼，你走过，大地还是那么宽阔无垠，而那个词语一样的牌楼，小得就像词语一样，既不能遮风挡雨，还会限定你。难怪茨维塔耶娃说："我不爱爱情，也不敬重爱情。"她是求了一生爱情的人！

还有里尔克，一直觉得没人能超越过里尔克的那种敏锐深刻，他对爱的描述我奉为至宝，而他这么陈述：

爱的要义并不是什么倾心、献身、与第二者结合。它对于个人是一种崇高的动力，去成熟，在自身内有所完成，去完成一个世界。

诸神起先欺骗地把我们引向异性，像两个一半组成整体。但每个人都要自我扩展，如一弯细月充盈为圆圆的月盘。

只有一条划定的路，穿过永不睡眠的狂野，通往生存的饱满。

里尔克在这里也否定了人们所追求的爱情，而承认了穿越空门的意义。就像茨维塔耶娃说的那样：灵魂是一片完整区域，我无法一个人前往。需要的不是上帝，而是一个人，通过第二个人再生。——玛丽娜需要的不过是自身重生，因为她也走过那道空门，最后发觉只是穿越，抵达神那里。

昨晚读到梭罗的话——"爱是无法治疗的，除了更深地去爱"，为这句话还生了感慨。现在看这都是半途中的声音。就像茨维塔耶娃的质疑："爱情为什么这样？请人喝水的人在喝水！"这都是走向神性之途中的鼓励和路标，但它不是终点，只有克尔凯郭尔一句取消对象的特殊性，从终点总结了它，把它归向真正的神性！

太棒了，这个提法——取消对象的特殊性。

虽然以人的本性，绝无可能做到爱邻人如爱己，即使偶然做到也完全仰仗神的力量，可如果你的理解能更深，能踩上克尔凯郭尔这一认识，却无疑朝前迈了一大步。因为你至少顷刻就知道什么虚妄就能放下虚妄，在内心获得由神而来的平静安宁与相信。剩下的只是默默克服自己，一步一步走向爱的最高境界。

英雄是一座承重墙

很久没回家了。我开始感到自己像一棵缺水的树，胸腔里晃动着焦躁的心绪。夜里失眠，听觉越来越好。好到公路上的车声经常针一样从耳道里穿进来，然后将我像棉线一样拖出好远。有时我觉得所里墙壁都是纸糊的，静到楼上楼下夜里谁咳嗽开灯，我都能听见。此刻，我听见所长王辉开门上楼的脚步声。最初他上楼时走得急促，一步的声音还没消散，另一步的声音就压上来，在空气中有某种交错的叠音。但最近他病了，步伐也仿佛在做着深呼吸，一步比一步变得绵长。

也就是晚上八点多吧，我以为他要敲我门给我布置工作，虽然我对工作热情没他那么高，也不明白，他家离所里也就十里路，开车天天都能回家。可为何也和我一样，几个月才回家一次。我也不明白他遇到案子就显得兴奋，谁要不告诉他，他就转来转去，等着人说出来那种憋劲的着急。自从和他共过一些事后，我虽对工作没他那么狂热，但凡他交代的事，都会认真去干。并且干完还会反思干好了没，要是没干好，总觉得对不起他。

他都病了大半年，之前吃了七十服中药，身体也不见好转。二十天前得了眩晕综合征，整个人昏得站不住，说一起身就感觉像在发生地震。住了五天院，休假一周后让司机把他送回来上班了。问他，他说病着待在所里，也感觉心里能踏实。他的确是非常负责任的所领导，可今年光专项行动都四十多起，平日所里的事从未断过，我周末不值班待在这里，都感觉头上有个紧箍咒。他作为领导，难道神经在这里可以放松吗？

脚步声到了我的门口，却又渐渐远去了。他是给旁边的于继楠布置工作，我的耳朵都跟上去准备听，但又收回来，我还是聆听头脑中儿子稚气的笑声吧。他说出的字是一粒一粒的，像甜玉米一样馨香耐嚼。只可惜我时常不在家，偶尔回去想抱抱他，他都躲在妈妈怀里不出来。有一次我和王辉说起，他说他在灞源上班时，也常年顾不上儿子，小儿子回家都把他叫"叔叔"。王辉硬是凭着自己的苦干走上领导岗位的，听说他当民警时，屡次立功。当主管刑侦副所长时，在冬季严打破案比赛中，在全市得了前十。灞源所落后，他去的第一个月，灞源所所里目标考评立刻就成了前三。他来普化所一年，发案率下降了百分之二十，破案率却翻了一番。可他最近的身体，来了几天都很少出办公室门，桌上堆的全是药，整个人气色很难看。听说他原来还招上了飞行员呢，现在这身体就像破了洞的窗户纸，被各种病吹的，迎面都能听见里面的呼啸声。

我的心思挪到他身上了，这是因为他那带着深呼吸的脚步声又响起来，令我感到揪心。我已经在床上躺了两个多小时，这两小时是我和家人在头脑里相聚的时刻，今晚有点心神不宁，不时就被外面的声响惊动。我听见王辉下楼后，还打了电话，这次是他在给局领导汇报辖区重点人口管控情况，我的注意力从他的话题移到话音上，他的声音有种深重的嘶哑，带着某种迟缓和倦意。后来我听见他的房门缓缓关上了。那个声音消失后，天地间成吨的漆黑就像寒冰一样，又从我的听觉里投放进来。

我来所已经三年，经常越到夜里越想家，工作根本填不满空荡荡的胸膛，我都不明白王辉为何强大的，可以不想家。他不仅强大，甚至高大乃至高尚。去年普化镇陈某喝醉酒闹事，我和张旭亮将陈某从夜市带回派出所，当时陈父就在我们车后追骂着。带回没多久，陈父居然带十几个人来闹事。见一群人这么凶悍，我也被这阵势吓了一跳。当时是周六，所里只有王辉，我和民警张旭亮。我一心只想冲到最前面，用执法记录仪先来取证。张旭亮见状也向前冲，但从后面过来的王辉把我向后一拉，把张旭亮往边一拨，自己先冲到前面。这一拉，一下子就把我眼泪拉了下来。我不相信，面对这种情形，有哪个人能替自己去扛？除非是自己的亲人。我也不相信，竟有领导会上去，替自己挨打。果真，陈某父亲一把抓住了王辉胸口衣领，对方几只手一齐上来，各种推搡和侮辱。尽管王辉喊，你们把手拿开！但他们还是直接将王辉从所里拉到街道上。看我们人单力薄，我让张旭亮打电话给县局请求增援。自己继续跟着，录下现场的违法情景。面对那么多人的无礼挑衅，王辉那张本就充满正义的脸，在极度气愤下涨得通红。但那一刻，他凌厉的呵斥和周身散发的威严，和我不断用执法记录仪录下这一幕对这群人的威慑，还是让对方在最终松开了手。后来，王辉和我将陈父带进所里，但围观的百余名群众，直到县局刑警队来支援才被驱散。

从那个惊心动魄的情境里出来，我就知道，王辉说，我们不是普通同事，是同一个锅里搅勺把的生死兄弟，是多么动情和用心在说。因为每次遇到危险，他都冲在最前面。有一阵我觉得他就是一个"所父"，把所里的老老少少当家人。他几乎帮过所有民警的忙。他操心给司机介绍对象，帮民警妻子调动工作，解决民警孩子上学问题，给民警生病的父亲买高血压药。我知道他最近还有两桩心愿：要把自己带过的民警孔俊从灞源所调下来。山区闭塞，孔俊都三十岁了，还没结婚；另外，他想请县局领导帮忙，看是否也能把我妻子的工作调过来。

几年前辖区还发生了一起故意损毁公私财物案，王辉带于继楠和另一名民警到电信局调取嫌疑人的通话记录。电信局工作人员看不清介绍信上联系人的电话，询问办案民警。还在翻材料时，王辉已经把号码一口说出来了。而于继楠也是两日前给王辉汇报案情时说过，王辉手上并无材料。当电信局要求留资料时，让报两个民警联系电话，王辉来到所里不过一个多月，随口就将于继楠和另一民警的电话号码报了出来。当时民警们很惊讶，一问，一个月时间他居然已经把所里全部民警电话记住了。大家简直对这记忆力不相信，王辉打开自己手机通讯录说：你们年轻人现在记性咋都这么差，你看看我手机里一个电话号码都没存，全在脑子里。回来后于继楠和我们说起这件事，大家简直惊为天人下凡。

最近我手头还在忙着一个案子，有个村民来报，说自己惠民卡中的政策补助款很久没打钱了，她去银行查，银行说她名下还有一张惠民卡。王辉一听就命我去查。我一查，是有个计生干部侵占了好几户的补助款。王辉向来对侵占农民利益的事情非常反感，告诉我一定把证据取扎实，能刑事立案的刑事立案，万一行政处罚也要顶格处理。我去调查发现侵占款不够立案，今天下午在餐厅吃饭时，还向他汇报了。他说，你再去落实这个人是不是党员，要是党员处罚决定书给纪委报一份，要让这种害群之马受到党纪处分。他说这话竟因为太用劲，拿着餐巾纸捂着嘴，猛得一阵咳嗽。咳嗽完，他又对我旁边的于继楠说，有个打架案子，因为辖区不是普化的，被移交了。当事人很不满意，让于继楠去见见当事人解释一下。唉，他就是爱操心，谁从他身边走过，他都想把人家的心搞得很熨帖，这种操心得耗费人多少精力啊。平时我们问笔录，分析案情他只要在，一定参与把关。甚至别人关人他都要跟着，连家属通知书他也要过问。这样操心，一个人的身体咋能好呢？

半个小时中，我脑海里竟全是他。这是因为他让我不理解，他能做到我做不到的。正想着，外面一阵车声和开所大门的声音。我有点走神深了，这次没听见是谁在开门，总之肯定不是出警。迷糊中不知过了多久,门房老张来敲门,说王辉病危,正在医院抢救,让我赶紧过去。

后面的场景,每个人的神情,都是凝视一下就能掉进去的深渊。可是,所有的深渊之上却结着冰,脆薄得不敢触碰。摸王辉的手还有温度,感觉可以沿着那个温度把他从死神手中再领回来。他满是正气的脸还依旧威风凛凛,感觉这份浩然断不会从人间凋落。但嫂子扑倒身上哭出的那句:"你把我也带走吧,你走了,我也不想活了",瞬间震得所有人脸上的冰,全都化作热泪长流……

王辉走了。他帮过的几个贫困户,坐着公交车赶去给他送灵,一对老夫妇把他的照片挂在自家墙上,说他是自己的亲人,比他们孩子对他们还好;几个被他打击处理过的人员都来吊唁,说这么多年都感觉王辉在自己身边站着,提醒他们不要走歪路。连两个老上访户都来给了几百元,说感谢王辉帮过他们的生活……

王辉走后,我经常不由自主地站在二楼眺望四周,云横秦岭是一层,灞水伤别是另一层,从前这么久久注目时,我的目光总移回他房间,觉得他房间的灯光是下班后唯一在心里相伴的温暖。可很久了,我无论从哪个角度看过去,那盏灯都没有亮起来。到了今年中秋夜,我自己终于推门进去,把王辉办公室的所有灯全部打开了。点一根烟给他,一根烟给自己,感觉我们还是像往常那样对坐着抽烟,感觉我这一个亲人还在,和我们一个锅里搅勺把的生死兄长还在……

(王辉:陕西省西安市公安局蓝田县局普化所所长,2018年9月2日值班时,因公牺牲。文中的我,是普化所民警张虎。)

散文和我们的时代

所有的时代都在被一只看不见的手依次翻过去，多数人夹在其中，像这张时代照片中一个个模糊的虚点。但每个人的存活又那么真实，没有人能生活在生活的外面。作家的散文来自这个时代，任何文字都有时代记忆。无论什么样的写作，都是积累了书本上人类的知识经验和时代烙印，在各自思想的路上豁荆前行。而作家之所以一再被喊："文艺要为老百姓服务"，是这个"为"，其实还不是很多作家不想为，而是有没有能力为。作为作家，如果思想不比老百姓站得高远，笔下书写自然不能滋养百姓，读者当然不买账。但"为"百姓又不是消遣百姓，笔下故事讲了那么长，或许还没一个电视剧更能愉悦观众。能抓牢百姓心灵的，还是作者是否能看清并引导他们的困境。而这个困境的出路，又是人类共同困境的出路，即所谓自度才能度人。

一个作家积累了足够的人类知识和时代记忆，想要鉴古开今，却从来没有两个相似的早晨，也不可能遇到相似的境遇和可以复制的时代。就是你的妻子，那也是一天一万种想法，一个念头变一次。你认识了妻子几十年，你用最初的事件看妻子，二十年过去了你以为她依然如故，但人是河流，水流三尺自然净，你如此看人，只是在错失了自己生命中不断遇到的崭新。前几天我爸调侃说，"刘邦当了皇帝，人们都说项羽是英雄。韩国人曾经那样骂朴槿惠，可如今文在寅上台，又说还不如朴槿惠"。这就是典型的思维受记忆影响。克里希那穆提曾就此这样分析："我有一个关于我妻子的形象，她有一个关于我的形象——形象就是一堆知识、结论、经验——她根据这些结论、知识、形象来行动，她每天的行动都给这些形象、结论增加新的内容，同时我也在做着相同的事情，我们之间的关系就是两个结论之间的关系。"——这就是人惯性思维的模式，也是绝大多数人认识事物的方法。很多作家积累的知识经验和时代记忆，名曰思考，并不比认识自己的妻子高明多少。或者说，终其一生，多数人并没有认识到什么，甚至也没真正认识自己的亲人，尤其是看不到自己思维的局限和各种先入为主的观念对自己的蒙蔽。如果一个作家不先观察自己的思维，做一个绝对客观的观察者，那么他其实看见他的都是头脑中旧有东西的投射，而不能接触到任何活生生的时代，和任何一个站在他面前活生生的人。

　　人之我见的局限可怕，用开车的例子来说明最形象。夜晚一个人开车，车灯被车身遮挡，司机视力可见是一百八十度。假如他一直看路前方，视角就变成了大概九十度。再假如突然看到一只远处的兔子，目光所见就变成了一个点。也就是说，越有关注度，视角越狭小。观到一点，也就成一叶障目。那一个人应该如何看问题呢？那就是在自己看兔子时，别被兔子挡住了。在看车前时，记得不断告诉自己身后不是不存在，而是自己的视角盲区。也就是说，当我们拿出一个观点时，知道它只是一个点，很有可能因为持有这个观点，局限了自己看到更多。所以能够时刻放下一己之见，感受更多盲区的可能性。这个就是意识。但我们头脑中永远不可能没有念头，或者说没有观点，那就像天空中的云朵一样，我们永远不要把云朵当了真，固执于心头一朵云，而要能感觉到云层上的太阳和万千星辰。这个意识就是觉醒。觉醒就是反思立场，有足够的客观。

可建立这个客观何其之难，生而为人，我们都是用主观意识在认识事物。想要达到这种绝对客观，就要学会观察遮蔽自己让自己不能理性客观的原因。朱熹为了达到这个绝对客观，提出"存天理，灭人欲"，你去分析朱熹的初衷，那是绝对有道理，怀着一个有识者满满的大爱之心在其中的。朱熹认为："圣人之欲，皆得其正，其无一毫过与不及处，便是与理合处。常人之欲则少与理合，譬如对钱财或贪婪吝啬、或挥霍无度，二者皆不得其正，不可谓中天理之节。"所以，为了克服一己之私看似得到，实质上对自己本性的彻骨伤害，理学大家朱熹提出这种观点，但作为个体的人，往往是看不到的。

综观微博，几乎每天都有政要或者名人出事，没出事前，都在吹捧，一旦出事，立刻被众人踩成狗屎。好像很多人就不明白人性是什么，都是截取片段在下定义，以点带面，认定这个人是什么。出了哪些事，能证明哪个人永远是这样，或者证明此人彻底是一堆狗屎？就是狗屎，还是植物最好的肥料，上帝也没否定过狗屎的存在价值。但人多么容易就把一个人看死认定。而人到底是什么？人是河流，不停流淌和改变。河流早晨和晚上不一样，平缓时和遇到巨石时不一样。河流也会碰到狗屎，弄得一团狗屎味，可流水不腐，河流会自我清净，河流会越过狗屎，重新成为清泉。假如一个作家曾经把自己作为人性的标本观察过，你就会发现，甚至没有一个所谓固定的自己存在，都是一个想法颠覆一个想法，一个念头背叛另一个念头。而理解人性，就是理解这种变化，融化个中善恶，理解个中善恶。他会像理解河流一样；不给人下定论，也不会给自己下结论。他知道无论是人己的河流，都会不断冲破各种认定，所以才说理论是灰色，生命之树长青。长青是你看不准，是你永远不知道自己，也不知道他人身上会冒出什么莫测。所以我们作家常说人性，可如果都不明白自己身上的盲点，也就不可能明白别人。

说这么多在说的还是认识论，因为一个作家无论如何写散文，都在传递自己的认识和理解。说到底，文能"知道"，才能做到"载道"。但举目望望今天的散文，很多徒具文之形，而无文之质。质说到底就是道。文之道不是说文章有一种特殊的大道，那最多只是技巧，真正的大道是本源，把知道，载道，行道自然而然连接起来。就像王阳明说的知行合一："未有知而不行者。知而不行，只是未知。圣贤教人知行，正是要复那本体"。

那么道到底是什么？这个问题重要到文学的根将扎在哪里。虽然说文学要为时代服务，可时代尚且无法背道而驰，国家尚有"得道多助，失道寡助"之说，一个散文家若不明道识道，写文章自然不是梦呓，就是隔靴搔痒。

道是什么？老子说，"道可道，非常道"，意思道不可言说，但不可说之道，他又洋洋洒洒说了五千言，并云："圣人抱一以为天下式"。孔子关于道，直接说："吾道一以贯之"。而关于这个一，六祖慧能道破天机："实性者，处凡愚而不减，在圣贤而不增，住烦恼而不乱，居禅定而不寂。不断不常，不来不往，不在其中以及内外，不生不灭，性相如如，常住不迁，名之曰道。"老子的后人则曾在经中这么释道："大道无形，生育天地。大道无情，运行日月。大道无名，长养万物。吾不知其名，强名曰道"。

至此，似乎只能沉默着心领神会了。但可以看到的是，打开这个认知的广度与深度，才可能触摸到真实的人，与真实的时代在结合。尽管这个时代，人们每天都在知道各式各样的信息，科学界也在每天扩展知识的疆域，现象层面社会和事件千变万化。可人是河流，时代是众多河流的汇集，但河床永远不变。甚至，与了解什么可以被知道同样重要的是，了解什么不能被知道，明白没有人可以知道任何事，就像苏格拉底说的，我唯一知道的，就是我什么也不知道，这句话就是入道的敲门砖。然后就是观察自己，观察别人，观察时代，观察在每个人身上，真正苦难的根源，正源于人对自我的无知对他人的想象。看到真正的考验往往是这样，只要一念，人就可以决定自己去的方向。思维里任何一个无意识的念头，都会决定外在的阴晴圆缺。很多阴晴圆缺，并不仅仅发生在天气与光线中，而是发生在人至为密集的思想之间。而这个思想到底有没有价值，有时都不靠思考下去，而靠对自己的思维模式观察下去。

时代的开关不在外面，文学的出路不在外面，这是一把没人拿着钥匙的门，门把手其实在我们每个人心灵的里面。

有一段话很明确地说出了众生不得真道的原因："众生所以不得真道者，唯有妄心。即有妄心，即惊其神。即惊其神，即着万物。即着万物，即生贪求。即生贪求，即是烦恼。烦恼妄想，忧苦身心。常沉苦海，永失真道"——这个妄心，就是头脑中禁不起观察的思想和念头。所以，赵州禅师说："老僧不坐在明白里"，不是他不想明白，而是探索到极致，反而知道自己不可能明白。而僧肇则说："般若无知，无所不知；般若无见，无所不见。无见之见，见遍十方；无闻之闻，闻通一切。"这也是试着清理我们头脑里那些知识记忆和经验，放空自己，永远用像被清晨刚诞生下来孩子一样的眼睛，用空空的内存让身边的人，眼前的时代鲜活地流进来。如此，一个散文家才能触到王阳明所说的本体，并用这样的慧眼，感受并书写时代，也才有可能在分享自己精神困境的同时，引领他人审视自身的精神困境。

身体的想念

  上初中时，一到体育课，我和同班的那个女孩就会偷偷逃出学校。穿过故乡那片森林样浓密旺盛的果园，飘过大片大片闪着金色波浪的麦田，沿着河道那绵延起伏的曲线，来到一片梨园中，买草莓吃。
  那些草莓和现在的草莓不同，全是木本的，像月季花的枝头，挑着大粒大粒红润剔透的露珠。卖草莓的人小心拾捡着，放在一个盘子里。他不称，按良心给我们。我们没多钱，可一毛钱就可以买一大捧呢。我和这个女孩买来后都来不及洗，就把那些沾着露水和叶子味道的草莓放进嘴中。上颌和舌头一压，舌尖一卷，稍微蠕动两下草莓就化了，红红的汁子就顺着嘴角往出溢。一股甜的味道开始渗入五脏六腑，清爽新鲜的感觉让你感觉没有品够就下肚了。每次都想着走这么远来吃一把草莓一定要记住它的味道，下一次就没那么想了。可捏一个放进去，这一粒放进去就想不起上一粒的味道，于是，拼命往嘴里塞，塞着塞着草莓就吃完了。我那时总没这个同伴买得多，当我馋得边走边忍不住把目光落在她手上没有吃完的草莓上时，我就催她，快些快些，要迟到了。这位同伴说等等我吧，等等。有时她会大度慷慨地说，要不然你也吃点咱们吃完再跑。然后我喜滋滋从她手里再拿些一股脑全塞进嘴里，舌头又真切幸福了一回。完毕之后，我们就在田野上奔跑。五六月的天有时会忽然落场雨，我们边跑边欢快对着蓝天挥手唱歌：细雨漫漫飘落大地，淋着我淋着你，淋着世界充满诗意。

　　是故乡那些风景美，还是少年时代的情怀细腻，抑或是那些草莓真是甜地特别？我不知道，但以后很多次看见街上卖的草莓，再也找不回那股草莓的甜味了。

　　母亲养了四个孩子，她也不是什么烹饪高手，只会像地道的北方人一样，擀一手好面。小时候我们也烦，再没有什么可做的，天天都是面！时过境迁，我们每个人都有了各自工作学习和生活，都很少回老家了。可回去后，最想吃的却是老妈做的手擀面。两个弟弟爱吃干面条，我和妹妹爱吃汤面条。老爸待在老妈身边自己烦了，看见老妈擀面说，你就会擀个面！老爸的话得到集体反对，老妈此刻就会用一种十分自豪又满含着爱的话语回答：我孩子爱吃，我就爱做！是的，不过一碗面，当时只道是寻常，如今隔几天不吃就想得慌。尽管别人一再告诉我改吃米饭吧改吃米饭，米饭不会让人发胖，我也想，可胃不答应呢！

　　我们老家的风俗是过年过节都要做臊子面，我结婚后在婆婆家里做过几次。婆婆是个做饭高手，她把我做面的优点全吸收了，融进去她们老家风俗，做出了一种自己的臊子面。肉炒成丁做成肉臊子，豆腐黄花木耳红萝卜土豆葱花切成丁炒成了素臊子，鸡蛋摊成纸一样的薄片切丁。面出来后浇上有素臊子和肉臊子的汤，再撒点鸡蛋和细小的韭菜末，热气腾腾，红绿黄黑，色味俱全。即使那面不是手擀的，味道也盖过了。这样做连对面十分挑剔的我也极喜欢吃。每到过年，婆婆常做来给家人吃。婆婆的大外孙女在浙江大学上学，还没放寒假，就打电话问她妈，我姥姥在咱家不，我太想吃姥姥做的面条了。

听这话时我们都笑了,可笑着笑着我品出了点味道。

有时我们说想念一个人或一些东西,似乎不是大脑在替我们做主,而是被我们忽视的皮囊。比如你想家,你想家的什么,不就是那一汪用手揪着特舒服的青菜或野草,午后的河边芦苇荡过带来田野的气息。一碗冒着热气合你口味的熟悉饭菜,或者家乡果园飘过你记忆的熟悉味道和感觉?

上学时我曾学过一段时间钢琴,并立志向音乐方面发展。但因为周围的环境差,加之起步很晚,最后不了了之。梦想搁浅了,但练过一段时间指法的我却养成了一个习惯,每次上街,看见任何字都会产生一种欲望,想把那些字像钢琴琴键一样弹下去。尽管克制自己不要这样,但指头会不由自主地跟着字动,竟像指法中一样先三后四个地弹。虽然心里告诉自己不要在意它,但这个习惯还是持续了很多年才好。

有时,我们以为这尊肉体不会像心灵一样思考问题,但我们的心灵就牢靠吗?心灵信誓旦旦约定绝不会忘记那个人那件事那些东西,但时过境迁,我们就是忘记了,放弃了。可被我们轻视的身体——我们自以为笨拙无用的皮囊,那些胃、舌头、手指,却帮我们记住曾经的味道、习惯以及身体获得的快乐和喜欢。这种本能原始、为我们所轻视的身体想念,有时,也许远比我们尊崇的心灵固执牢靠朴素真挚得多。

生命是一场炼金术

　　跨年？每到年末，走在街上我都有意识抬抬脚，想寻找那种"坎"的所在和"跨"的感觉。时间的界限被抹得如此光滑，别说磕绊的"坎"，就是接壤处的"缝"，我都找不见。人到中年，一年开始短的像一天。时光流逝的速度，有时比寒风更能刮走内心的暖意。那么多要读的书还在书架上堆积着，那么多要写的作品还在等着被从内心提取，可精力有限，时间又飞速。白昼被夜指翻过时，我常觉得自己像一台时间的打卡机。一年这么厚沓的日子被打完，竟然悄无声息。

　　这一年，微信上天天都有去世的消息：金庸，霍金，李敖，洛夫，盛中国……，死亡的命题依然考验着每个人的思考和理解力；这一年，不少公众人物的完美人设坍塌，人性的真实与虚设的期待仍在挑战着陷入二元思维的头脑；这一年，又送走很多为人类和平牺牲的英雄，他们用生命所说出的语言，天理昭昭震撼人心。这一年，是我写作以来获得肯定最多的一年，但同时也经受着更多考验和永不消失的自我质疑。在日子这天天都被打印出来的考卷上，真正的考题是每天都在遇到的琐碎人事，得分则明确写在自己心境上。天天周而复始的考试，月月年年轮回的辙印越来越深，可自己却没提高多少。有时这感觉那么沉重，但树叶上的积雪到了一定程度，负重不起却会突然坍塌，内心那种什么都没有，什么都不抓取的感觉，又是那般解脱幸福。然后，一片叶子又对天空抻开渴望，而后一片叶子又抖落全部积雪。在生灭得失与悲喜中，一个人又能重新获得清洗与救赎。

这一年，我仍对存在非常敏感，却对生存依然迟钝。黑夜落下时，我的半个内在还暖在日光中。黎明来临时，我整个身子还浸在黑水里。这缓慢，使得我和所有时间形成一种奇特的夹角，使得我和所有人事保持着迟疑不决的距离。但因此，我看得见幽暗中的变幻莫测，听得到昼夜更替中，一些奥秘无声无息在运行。这一年，有些日子看着万里无云，踩进去却山穷水尽。有些日子看着阴霾密布，踩进去却柳暗花明。这一年我更加懂得倾听存在的河流，人事都是河流，不停流淌，不停改变。早晨和晚上不一样，平缓时和遇到巨石时不一样。河流也会一不小心碰到污物，可流水不腐，河流会自我清净，河流也会越过污物，重新成为清泉。这一年，我越发懂得，一个理解了人性的成熟者，是融化了善恶理解了善恶的人。他不会给人下定论，也不会给自己下结论。他知道无论是他人还是自己的河流，都会不断冲破各种认定，所以才说理论是灰色，生命之树长青。长青是你看不准，是你永远不知道自己和他人身上，会冒出什么莫测。这一年，我常常感到人生没有败笔，笔笔都有深意，笔笔都有天意的引导与善意。

这一年，我得到更多的是内心的自守与沉静。生命像一个炼金术，经历的诸多跌宕，都像在分离我们自身都看不清，但却存在于我们内在的一些杂质。每一次磕绊都让人照见自身的不完美，但每次经历的熔炼，却又在剔除掉内心的某些杂质。这一年，越发意识到不必因没有安全感，去呵护经营什么，让自己什么都能失去，什么都敢失去，可以接受一个人从里到外的赤贫，让自己的面前只剩下穹宇，这时，内心反会升起永不消失的欢喜与力量。

这一年，重新看到人间很多努力，就像在沙滩上作画，当潮水泛起，再美的画也会无影无踪。于是每天坦然让睡眠的潮水把一切轻轻擦掉，在醒来时，再像个心篮空空的孩子，欢天喜地于时间的稿子上继续画字。2019年，这沓新的日子又将逐次分发，愿新的一年中，我继续给生命做减法，保持精神边缘化的清醒，更多选择独处静守与书写。更愿在光阴的照耀与等待中，在生命这场神奇炼金术的冶炼中，自己能够一天比一天喜乐有爱，一天比一天广阔慈悲，一天比一天懂得理解，更能超越自身——最终能把金子一样的心炼出来，留驻于笔底纸端与人间。